L'étreinte de minuit

W0372463

CAROL MARINELLI

L'étreinte de minuit

Traduction française de
CATHERINE BENAZERAF

AZUR

HARLEQUIN

Collection : Azur

Titre original :
MIDNIGHT SURRENDER TO THE SPANIARD

© 2023, Carol Marinelli.
© 2024, HarperCollins France pour la traduction française.

Ce livre est publié avec l'autorisation de HARLEQUIN BOOKS S.A.

Tous droits réservés, y compris le droit de reproduction de tout ou partie de l'ouvrage, sous quelque forme que ce soit.
Toute représentation ou reproduction, par quelque procédé que ce soit, constituerait une contrefaçon sanctionnée par les articles 425 et suivants du Code pénal.

Si vous achetez ce livre privé de tout ou partie de sa couverture, nous vous signalons qu'il est en vente irrégulière. Il est considéré comme « invendu » et l'éditeur comme l'auteur n'ont reçu aucun paiement pour ce livre « détérioré ».

Cette œuvre est une œuvre de fiction. Les noms propres, les personnages, les lieux, les intrigues sont soit le fruit de l'imagination de l'auteur, soit utilisés dans le cadre d'une œuvre de fiction. Toute ressemblance avec des personnes réelles, vivantes ou décédées, des entreprises, des événements ou des lieux serait une pure coïncidence.

HARPERCOLLINS FRANCE
83-85, boulevard Vincent-Auriol, 75646 PARIS CEDEX 13
Service Clients — www.harlequin.fr
ISBN 978-2-2805-0428-7 — ISSN 0993-4448

Édité par HarperCollins France.
Composition et mise en pages Nord Compo.
Imprimé en mai 2024 par CPI Black Print (Barcelone)
en utilisant 100% d'électricité renouvelable.
Dépôt légal : juin 2024.

FSC
www.fsc.org
MIXTE
Papier issu de
sources responsables
FSC® C159065

Pour limiter l'empreinte environnementale de ses livres, HarperCollins France s'engage à n'utiliser que du papier fabriqué à partir de bois provenant de forêts gérées durablement et de manière responsable.

Prologue

— Tu vas te marier ? Sérieusement ?

Interloquée, Anna se demanda si sa meilleure amie la faisait marcher. Cela faisait seulement six semaines qu'Emily avait été embauchée en Andalousie afin de réaliser le site web de la prestigieuse *Bodega* Romero – l'une des prestigieuses caves de Jerez produisant et commercialisant le vin de Xérès.

— Anna, je sais que ça paraît précipité, mais j'ai vraiment besoin qu'au moins une personne soit heureuse pour moi...

La pointe de désespoir dans la voix d'Emily dissuada Anna de plaisanter.

— Toute sa famille est hostile à ce mariage, poursuivit Emily. Ils pensent que je ne suis qu'une « croqueuse de diamants », le genre de fille qui cherche à se faire épouser par un homme riche. D'ailleurs, Sebastián...

— Attends, je ne comprends pas. Qui vas-tu épouser ? Sebastián ?

C'était un prénom qu'Anna avait entendu à maintes reprises dans la bouche de son amie. Mais celle-ci n'avait jamais dépeint ledit Sebastián sous un jour très favorable.

— Non, Alejandro, bien sûr ! protesta Emily. Sebastián est l'aîné. Il a fait des pieds et des mains pour nous séparer.

Le cœur d'Anna se serra à l'idée que sa craintive amie envisageait de lier son sort à l'un des frères Romero.

Lorsque Emily avait accepté cet emploi, Anna avait aussitôt

effectué des recherches sur Internet, découvrant qu'il s'agissait de richissimes play-boys à la réputation exécrable.

Mais il y avait pire ! Emily venait d'avouer être enceinte, raison de cette union hâtive – la cérémonie aurait lieu dans deux semaines.

— Anna, j'ai vraiment besoin de ton soutien, conclut Emily.

— Tu l'as toujours eu, tu le sais bien !

Un soutien inconditionnel.

Emily n'avait-elle pas été la seule, dans leur petit village anglais, à défendre Anna aux moments les plus sombres de son existence ?

Leur conversation se prolongea un bon moment, Emily mêlant larmes et déclarations enthousiastes, tandis qu'Anna s'efforçait de prétendre se réjouir à la perspective de la cérémonie fixée au mois de mai.

— Promets-moi que je peux compter sur votre présence, à toi et Willow, insista Emily.

— Oui..., sauf que...

Pour une fois, ce n'était pas un problème financier qui retenait Anna. Apparemment, Alejandro était disposé à payer le voyage et le séjour à Jerez des deux personnes constituant la seule famille d'Emily. Cependant, à même pas cinq ans, Willow avait été victime d'une succession d'otites nécessitant une opération chirurgicale programmée dans un proche avenir.

— Anna, je t'en prie, implora Emily, il *faut* que je vous aie auprès de moi, toutes les deux.

Lorsque le coup de téléphone prit fin, Anna s'installa devant son ordinateur et se connecta sur le site web réalisé par Emily. On y voyait le futur marié, Alejandro, son frère aîné, le terrible Sebastián, et leur jeune sœur, Carmen – laquelle, à en croire Emily, était également opposée à ce mariage.

Le regard d'Anna s'attarda sur la photo de Sebastián, prise sur une terrasse baignée par le soleil couchant, levant un verre de xérès en souriant. Mais ce sourire ne montait pas jusqu'aux prunelles de jais, ce qui gâtait quelque peu la beauté ténébreuse du plus âgé de la fratrie Romero.

Manifestement, il s'agissait là d'un adversaire redoutable.

— Oh ! ma pauvre Emily..., gémit Anna.

Montant à l'étage de sa petite maison, elle ouvrit doucement la porte de la chambre où dormait sa fille. Willow était recroquevillée à l'extrémité du lit. Avec mille précautions, Anna la réinstalla, puis s'assit à son chevet, posant les yeux sur le flacon de gouttes sur la table de nuit.

Bien sûr, Anna ne demandait pas mieux que d'accompagner sa meilleure amie à l'autel. Mais il serait tout à fait impossible de faire prendre l'avion à Willow jusqu'à ce qu'elle soit opérée, car les changements de pression seraient trop douloureux pour elle.

Malgré tout, songea Anna, Emily lui avait toujours apporté le soutien dont elle avait besoin depuis qu'elle s'était retrouvée enceinte d'un homme refusant d'assumer ses responsabilités. Et ce, bien qu'elle n'ait pu se résoudre à avouer à son amie qui il était. Pas plus qu'à ses propres parents, d'ailleurs, dont la réaction à l'annonce de sa grossesse l'avait convaincue de tenir sa langue à ce sujet. Quitte à ce qu'ils en concluent, à tort, que leur fille s'était fait faire un enfant par un amant d'un soir.

Presque cinq ans plus tard, les relations d'Anna avec ses parents étaient encore tendues. Lorsque ces derniers avaient accepté de faire la connaissance de leur petite-fille, ils n'étaient pas moins tombés sous son charme.

Le deuxième appel qu'Anna se préparait à passer serait passablement compliqué. Elle allait devoir expliquer à Jean, sa mère, qu'Emily les avait invitées, elle et Willow, à assister à son mariage en Espagne dans à peine quinze jours.

— Tu as pensé aux problèmes d'oreilles de Willow ? demanda sur-le-champ Jean Douglas. Crois-tu vraiment qu'il soit raisonnable de la faire voyager en avion ?

— Effectivement, non, répondit Anna. C'est pour cela que je me demandais si Papa et toi accepteriez de la garder.

Un long silence suivit. Anna se figurait sans peine la façon dont sa mère devait rouler des yeux – qu'elle avait du même vert clair que sa fille. Cela ne la dissuada pas d'insister.

— Vous ne cessez pas de répéter que vous avez envie de passer plus de temps avec Willow.

— Et tu n'as pas envisagé que nous soyons trop occupés pendant ce week-end de l'Ascension ? questionna Jean.

Comment Anna aurait-elle oublié que la vie de ses parents était rythmée par les obligations de son père, pasteur de la paroisse ?

— Je sais, répondit-elle. Je comprendrais tout à fait que vous refusiez...

— Et que feras-tu, dans ce cas ?

Anna déglutit. Le vol entre Londres et Séville prendrait deux heures, puis il y aurait le train jusqu'à Jerez – toutes choses que Willow adorerait, avec son esprit aventureux.

Certes, Anna serait désespérée de laisser tomber Emily. Cependant, sa fille passait avant tout autre chose.

— Si vous ne pouvez pas la garder, je dirai à Emily que je ne peux pas aller à son mariage, admit-elle. Je n'ai personne à qui confier Willow, à part vous.

Quand bien même Anna avait eu le cœur brisé par le rejet de ses parents à l'annonce de sa grossesse, elle leur faisait entièrement confiance. Et Willow adorait ses grands-parents.

— Bon, c'est d'accord, entendit-elle sa mère déclarer d'une voix étranglée. Nous la prendrons pour le week-end.

Tout en remerciant avec effusion, Anna regretta presque qu'il en soit ainsi. Depuis la naissance de sa fille, elles n'avaient jamais été séparées. Deux nuits semblaient une durée interminable.

1

Le voyage en train jusqu'à Jerez ne serait pas nécessaire car Sebastián Romero viendrait attendre Anna à l'aéroport de Séville, apprit-elle. Il semblait que ce soit la tradition, en Espagne, pour le *padrino* - l'équivalent espagnol du témoin du marié – de veiller à pareils détails à la veille de la noce.

Dûment chapitrée par Emily sur la personnalité de Sebastián, Anna avait poussé davantage les recherches sur celui-ci. Ce qu'elle avait découvert du personnage l'avait dissuadée de se mettre en frais pour cette rencontre : une ample jupe à plis, un corsage dos nu – en mai, en Andalousie, il devait faire assez chaud pour cela –, et des sandales plates lui avaient paru la tenue de voyage adéquate.

Émergeant du couloir de sortie des passagers, elle se prépara à chercher du regard l'inévitable pancarte à son nom.

Ce qu'Anna n'avait pas prévu, c'était la façon dont deux yeux de jais se vrillèrent aux siens. Vêtu d'un costume impeccable, à l'austérité atténuée par la cravate desserrée, un homme à la haute stature, affichant une mine sombre, semblait l'attendre. Il était incroyablement séduisant.

Au petit signe de tête qu'il lui adressa, elle se dirigea vers lui, tirant sa valise, et s'étonna de voir un demi-sourire flotter sur le beau visage.

Enfin, plutôt un quart de sourire.

— Sebastián..., commença-t-elle, ne sachant trop si elle devait tendre la main à ce *padrino* peu affable.

— Sebastián ? fit-il en fronçant les sourcils. Pas du tout. Vous faites erreur, mademoiselle.

Anna recula d'un pas. Seigneur ! S'était-elle méprise ?

— Oh ! désolée, je..., lâcha-t-elle.

— *Es broma*, l'interrompit son interlocuteur. Je plaisantais.

Malgré elle, Anna ne put retenir un large sourire.

Jetant un coup d'œil à sa valise cabine, Sebastián – puisque c'était bien lui – s'étonna :

— Il y a un problème ? Votre bagage n'est pas arrivé ?

— Non, je n'ai que ça. Je ne suis-là que pour deux nuits.

— Oui, mais pour un mariage...

De toute évidence, cette remarque était une critique, et Anna pinça les lèvres. Sebastián dut se rendre compte qu'il l'avait heurtée, car il ajouta :

— C'est juste que votre valise ressemble à la trousse de maquillage de la plupart des femmes.

Levant au ciel ses superbes yeux noirs, il conclut :

— Ma voiture nous attend.

Curieusement, Anna ne parvenait pas à lui tenir rigueur de sa maladresse. À dire vrai, elle était même décontenancée par la façon dont elle avait souri à sa petite blague.

Quand bien même Sebastián l'avait accueillie par une plaisanterie, il était clair qu'il accomplissait son devoir de *padrino* avec les plus grandes réticences.

Comment aurait-elle pu lui en vouloir ? Anna n'ignorait pas qu'il était hostile à ce mariage. Savoir qu'elle était la meilleure amie de la future mariée ne devait pas adoucir son humeur.

Lorsqu'ils quittèrent le hall de l'aéroport, Anna eut un aperçu de l'univers dans lequel Emily gravitait désormais.

— Anna ! entendit alors qu'elle se préparait à se diriger vers le parking.

Faisant volte-face, elle découvrit une voiture de sport, gris métallisé, garée à quelques mètres. Un voiturier tendit un trousseau de clés à Sebastián, avant de saisir son léger bagage pour le déposer dans le coffre.

— Nous avons une heure de route jusqu'à Jerez, expliqua Sebastián tandis qu'il manœuvrait pour se glisser dans le flot de la circulation. Je dois vous conduire à la boutique de robes de mariées, avant d'apporter votre valise à l'hôtel.

— Je peux tout à fait m'en charger moi-même.

— Vous êtes la *dama de honor*. C'est le protocole !

Cette dernière remarque était tout à fait révélatrice de l'état d'esprit de Sebastián, se dit Anna.

— Nous avons répété la cérémonie, hier soir, reprit-il.

— Je sais, mais je n'ai pas pu me libérer plus tôt.

À cette pensée, Anna sentit ses yeux s'humecter. Aussi, préféra-t-elle s'absorber dans la contemplation du paysage. Il y avait fort à parier que l'homme qui la conduisait ne saurait guère gérer les larmes d'une inconnue.

Ils effectuèrent l'essentiel du trajet dans un silence complet, et ce fut seulement lorsqu'ils entrèrent dans ce qu'Anna comprit être les faubourgs de Jerez, que Sebastián s'inclina et tendit la main vers la boîte à gants placée devant elle. Ce faisant, il lui effleura la cuisse de son bras, et elle ne put se retenir de sursauter. Il prit une enveloppe qu'il lui tendit.

— C'est la carte pour la porte de votre chambre, dit-il. L'hôtel se trouve tout près de l'église.

Anna s'efforça d'oublier qu'elle avait réagi de manière excessive à ce bref contact. Il n'était pas question que Sebastián la voie rougir !

— Et, Anna, ajouta-t-il, quoi que l'on ait pu vous raconter à mon sujet, je n'ai rien d'un affreux prédateur…

Anna fronça les sourcils, puis comprit que cette remarque avait trait à l'outrance de sa réaction.

— Désolée, dit-elle. C'est juste que…

— Pas de problème.

Lui lançant un regard en coin, Sebastián la gratifia d'un sourire qui n'avait plus rien de contraint.

— Vous n'avez pas manqué grand-chose, à la répétition, enchaîna-t-il, regardant à nouveau la route. Tout ce que vous aurez à faire sera d'attendre avec la mariée dans la sacristie, puis de l'accompagner une fois que le marié sera là. Vous êtes logée au même hôtel qu'Emily et moi. Je vous appellerai sur votre portable quand mon frère et moi arriverons à l'église. Ensuite, vous remonterez la nef avec la mariée, aussi dignement qu'il convient.

Anna ne put s'empêcher de grimacer.

— Avec des talons aiguilles que je n'aurais même pas essayés avant ? fit-elle.

— Ça, c'est la faute de votre amie. Emily a insisté pour que le mariage ait lieu dans les plus brefs délais. Je me demande bien pourquoi...

Il y avait une indéniable pointe de sarcasme dans le ton de Sebastián. Manifestement, songea Anna, il tâtait le terrain. Mais ce n'était pas à elle de lui fournir des explications.

Elle préféra retomber dans le silence et s'absorber à nouveau dans la contemplation de la ville. Emily n'avait pas exagéré en lui vantant ses beautés. Sebastián ne semblait pas disposé à jouer les guides touristiques, se contentant d'un bref commentaire lorsqu'ils longèrent le bâtiment de la célèbre école d'équitation andalouse.

— Ma sœur, Carmen, vit pratiquement ici, dit-il.

Hormis cette remarque laconique, il laissa Anna découvrir par elle-même les constructions mauresques, l'impressionnant Alcazar, les ravissantes *plazas* ornées de fontaines...

— Quel dommage que je ne reste que deux jours, soupira-t-elle.

Sebastián eut un petit rire.

— Je ne doute pas que vous reviendrez rendre visite à votre amie, lâcha-t-il.

Il s'était retenu d'ajouter *« maintenant qu'elle aura les moyens de vous recevoir somptueusement »*, mais c'était sous-entendu.

La voiture venait de s'immobiliser devant la boutique de robes de mariées, et Anna jugea qu'il était inutile qu'elle épilogue sur cette insinuation, aussi se contenta-t-elle de dire :

— Je n'y manquerai pas. Emily est davantage qu'une amie pour moi. Je l'ai toujours considérée comme une sœur.

Sebastián avait coupé le moteur et il soutenait son regard avec détermination. Anna avait beau s'être exhortée à demeurer polie et souriante, elle n'en avait pas moins perçu toutes les piques à l'endroit d'Emily. Maintenant, elle comprenait mieux à quoi celle-ci était confrontée. Aussi décida-t-elle qu'il était temps d'exprimer ses sentiments.

— Vous n'êtes pas le seul à nourrir de fortes préventions contre cette union précipitée, dit-elle.

La mimique sardonique de Sebastián lui fit comprendre qu'il n'en croyait pas un mot. Pour le convaincre de sa sincérité, Anna n'eut d'autre choix que de lui faire savoir qu'elle avait pris ses renseignements.

— On ne peut pas dire que votre frère soit vraiment ce que l'on peut espérer de mieux en matière de futur époux, ajouta-t-elle. Et en ce qui concerne vos propres agissements…

Elle s'interrompit brusquement, réalisant qu'elle avait dû devenir écarlate. N'était-elle pas en train d'outrepasser ses prérogatives de demoiselle d'honneur ?

En tous les cas, elle avait au moins fait savoir qu'elle n'ignorait rien du passé d'Alejandro. Ni de celui de Sebastián, d'ailleurs. Lequel avait une réputation encore plus déplorable que son cadet.

Ce n'était pas seulement le récit des fêtes débridées sur son yacht qui avait choqué Anna mais plutôt la liste interminable de ses conquêtes.

Il était même fait mention d'une ex-fiancée du nom d'Isabella – Ella, pour les intimes –, anéantie par la rupture que Sebastián lui aurait imposée quelques semaines après la perte de l'enfant qu'elle attendait de lui. L'affreuse rumeur était toujours formulée au conditionnel, certainement pour des raisons juridiques, mais Anna n'avait pas trouvé trace de la moindre dénégation de la part de l'aîné des Romero.

Sebastián continuait à soutenir son regard sans ciller. Un peu troublée, Anna abaissa légèrement les yeux. Jusqu'à fixer la bouche aux lèvres pleines – une bouche divine, à l'arc de Cupidon qui semblait dessiné par un maquilleur de talent.

— Vous avez terminé ? s'enquit Sebastián.

Anna était restée hypnotisée par les lèvres entrouvertes sur une dentition parfaite. Elle s'obligea à planter à nouveau son regard dans celui de Sebastián.

— Tout à fait, répondit-elle.

En dépit de ses efforts pour répondre avec autorité, elle n'avait pu empêcher sa voix de trembler. Pourquoi, diable, avait-elle été sur le point de faire allusion à la réputation sulfureuse de Sebastián ? Cela ne la concernait en rien !

— Tâchons seulement d'aller au bout de la journée de demain, suggéra-t-il avec, dans la voix, une pointe de tension montrant que cette perspective ne le réjouissait guère. En attendant, *hasta luego*.

Clignant des paupières, Anna se demanda si elle devait s'offenser.

— Cela veut dire *au revoir*, traduisit Sebastián. Ou plus exactement, *à plus tard*.

— À plus tard, lui renvoya Anna.

Sebastián se dispensa d'aider la jeune femme à récupérer son bagage, jugeant qu'il en avait assez fait en matière de civilités. Aussi se borna-t-il à ouvrir le coffre depuis le tableau de bord, tout en demeurant au volant.

De toute évidence, songea-t-il, le feu couvait sous la glace que donnait à voir l'amie d'Emily.

Malgré lui, il l'admirait d'avoir pris fait et cause pour cette dernière. Anna n'avait pas hésité à l'affronter, et il s'en était fallu de peu pour qu'elle ne critique ses propres comportements...

Sebastián se croyait insensible aux accusations de la presse à scandale. Après tout, lui seul connaissait la vérité. Pourtant, il avait été étrangement déstabilisé par ce regard de chat, dardant sur lui le faisceau de ses prunelles vertes.

Un instant, il avait eu la tentation de dire à Anna qu'elle ne devait pas croire tout ce qu'on lisait à son sujet. Il s'était retenu, se refusant à se justifier devant qui que ce soit. Ce que l'on pensait de lui était le cadet de ses soucis, non ?

Il suivit des yeux la jeune anglaise qui se dirigeait vers la boutique de robes de mariée. Cette *dama de honor* avait un dos tout à fait ravissant. Le corsage bain de soleil en révélait l'épiderme pâle et le dessin parfaitement rectiligne de la colonne vertébrale. La queue-de-cheval couleur d'or pâle se balançait au rythme de ses pas, mais elle avait dû sentir le poids de son regard, car elle se raidit brièvement, marquant une pause au moment où elle atteignit la porte.

L'admiration que Sebastián ressentait pour la fière jeune femme ne fut qu'accentuée lorsqu'elle se tourna pour lui faire face. Étonnamment, elle le gratifia d'un large sourire, avant de faire volte-face pour entrer dans la boutique.

Si Anna était vraiment heureuse de retrouver sa meilleure amie, elle n'en gardait pas moins les pires appréhensions quant à l'union dans laquelle celle-ci se jetait tête baissée. Mais pouvait-elle faire autrement que lui sourire chaleureusement ?

— Anna ! s'exclama Emily en se précipitant dans ses bras. Je suis désolée que tu aies dû affronter Sebastián dès ton arrivée !

— Il a été tout à fait sympathique.

— Oh ! je t'en prie ! Si je n'avais pas eu besoin de ce dernier essayage, je serais venue te chercher. Mais viens voir ta robe. Si elle ne te plaît pas, nous en trouverons une autre.

La robe qu'Emily lui avait choisie était tout à fait du goût d'Anna. Confectionnée dans une étoffe de soie au lourd tombé, d'une chaude couleur ambre, c'était certainement le plus beau vêtement qu'elle n'eût jamais porté.

Lorsqu'elle sortit de la cabine d'essayage, ce fut pour voir Emily la contempler avec des yeux ronds.

— Anna, souffla-t-elle, tu es superbe ! Je crois que je ne t'ai jamais vue dans une toilette aussi élégante.

Esquissant une petite moue, Anna songea que ce n'était que pure vérité. Sa dernière sortie – et presque unique distraction de l'année – était celle effectuée, avant Noël, avec ses collègues de la petite école de village, où elle était employée comme hôtesse d'accueil. Elle n'avait eu guère besoin de se mettre en frais de toilette pour l'occasion.

Les sandales à lanières complétant sa toilette lui parurent d'une hauteur vertigineuse – elle qui ne portait jamais de talons !

— J'espère que j'arriverai à garder l'équilibre, soupira-t-elle en levant les yeux au ciel.

Au bout du compte, ce fut une journée au cours de laquelle Anna eut l'impression de se faire délicieusement chouchouter.

L'hôtel était des plus raffinés, avec quantité de portiers et grooms en livrée. La suite réservée à Anna surplombait la magnifique *Plaza de Santiago* avec sa fontaine et l'église où se déroulerait la cérémonie du mariage.

— Y aura-t-il beaucoup d'invités ? demanda Anna.

— Des centaines ! répondit Emily. Et une bonne partie sera constituée par les ex d'Alejandro. Il y aura même Mariana…

— Celle qu'il devait épouser ?

— C'était le projet de son père et de son frère. Ils voulaient que les propriétés des deux familles fusionnent. J'imagine que c'est la raison pour laquelle Sebastián est aussi furieux. Il n'a qu'un seul intérêt dans la vie : l'affaire familiale.

Le moment était peut-être venu de s'ouvrir à son amie de ses inquiétudes, songea Anna. Elles étaient en tête à tête, aussi inspira-t-elle profondément avant de se lancer :

— Emily…, il y a quelque chose que je dois te dire, au moins une fois…

— Non ! S'il te plaît !

Elles se connaissaient depuis suffisamment longtemps pour qu'Emily ait deviné ce qu'Anna allait dire.

— Ce n'est pas seulement à cause du bébé que je me marie, reprit Emily. Tu m'as montré qu'on peut élever un enfant sans père et réussir formidablement son éducation.

— Formidablement, ça reste à voir…

— En tous les cas, j'aurais suivi ton exemple s'il n'y avait pas eu d'amour entre Alejandro et moi.

— Si tu le dis…

Une fois qu'Emily l'eut rassurée, Anna décida que le mieux qu'elle avait à faire était de se détendre. Pourtant, une fois qu'elles furent installées au restaurant de l'hôtel, elle ne put s'empêcher d'être étrangement fébrile.

Était-ce parce que Willow lui manquait ? Ou parce qu'elle ne se sentait pas à sa place dans cet environnement ?

Non ! Pour être honnête, Anna devait admettre que ce qui la troublait était de savoir Sebastián dans le même hôtel.

— Pourquoi Sebastián loge-t-il ici ? demanda-t-elle. Je croyais qu'il habitait la *bodega*, lui aussi.

— Heureusement, non ! s'exclama Emily. Seul Alejandro dispose d'un appartement sur place. Sebastián y vient juste pour son travail. J'aurais détesté l'avoir pour voisin !

— Est-ce que toute la famille est hostile à ton mariage avec Alejandro ? Il me semblait t'avoir entendu dire que son père s'était fait à cette idée.

— C'est surtout de devenir grand-père qui séduit José. Carmen me déteste avec application. Curieusement, la seule qui se montre un tant soit peu bienveillante est Maria, leur mère. Pourtant, elle est décrite comme un animal à sang-froid.

Lorsqu'un peu plus tard elles quittèrent le restaurant, Anna se dit qu'elle n'avait pas eu tort d'être sur le qui-vive. Dans le hall de l'hôtel, Sebastián était en grande conversation avec le concierge. Il leur fit signe de l'attendre.

Seigneur, il était tellement autoritaire ! songea Anna en le voyant s'approcher.

— Tout est organisé, dit-il à Emily.

Le regard de jais se tourna ensuite vers Anna.

— Notre rôle, demain, déclara-t-il d'un ton ferme, sera de nous assurer que les fiancés ne se voient pas avant la cérémonie.

— Les choses se passent de la même manière en Angleterre, rétorqua Anna. Nous...

Sebastián l'interrompit. Manifestement, il n'était pas d'humeur à bavarder.

— Je vous appellerai quand nous arriverons à l'église. Par conséquent, j'ai besoin de votre numéro de portable.

Sur le point de protester qu'il pouvait aussi bien appeler Emily, Anna se retint. Il était inutile qu'elle montre à quel point il la mettait sur les nerfs. Aussi lui dicta-t-elle son numéro. Il la remercia et reporta son attention sur Emily, la mine grave, avant de conclure :

— Bonne chance pour demain.

Faisant volte-face, Sebastián s'éloigna à grandes enjambées. Anna s'étonna qu'il ne se dirige ni vers les ascenseurs ni vers la sortie de l'hôtel. Au lieu de cela, il enfila un long couloir, à l'extrémité duquel se distinguait une porte voûtée, d'impressionnante dimension.

— Bonne chance, vraiment ! murmura Emily sur un ton sarcastique.

Sebastián venait de disparaître dans une sorte de cour.

Anna s'arracha à sa contemplation fascinée, et elle dut se secouer mentalement pour reporter son attention sur son amie.

— Montons dans nos chambres, lui dit-elle. N'oublie pas qu'une dure journée t'attend.

Il semblait qu'il en serait de même pour elle, songea Anna.

Une fois qu'elle eut été maquillée et coiffée par des mains expertes – ses cheveux étaient maintenant aussi doux que la soie de sa robe –, Anna n'avait plus autre chose à faire que de passer un appel vidéo à Willow, comme elle l'avait promis.

— Maman ! s'exclama la petite, au comble de l'excitation. Tu es très belle !

— Toi aussi, ma chérie.

Pour être à l'unisson de la fête, Willow avait tenu à revêtir la robe de danseuse de flamenco qu'Emily lui avait envoyée.

— Je voulais mettre du rouge à lèvres, déclara Willow.

Regardant derrière elle, elle baissa d'un ton pour ajouter :

— Seulement, Nanny dit qu'elle n'en a *jamais* eu !

— Tu n'en as pas besoin pour être très jolie, mon cœur. Bon, est-ce que tu es prête à voir Emily dans sa magnifique robe de mariée ?

2

— *Se ve hermosa !* Comme elle est belle !

Tels étaient les murmures courant dans l'assemblée tandis que la future mariée s'avançait dans la nef de l'église.

Mâchoires crispées, Sebastián se contraignit à sourire.

Bien sûr, la mariée était belle. Comment n'aurait-elle pas été radieuse en sachant qu'elle signait un contrat qui la mettait à l'abri pour le restant de ses jours ?

Sebastián ne doutait pas qu'elle soit enceinte. Et on n'allait pas lui faire avaler qu'on pouvait tomber amoureux et décider d'avoir un enfant en l'espace de quelques semaines ! Lui-même en avait fait l'amère expérience.

Cependant, il n'y avait pas que la future épousée qui attisait le cynisme naturel de Sebastián.

Il jeta un coup d'œil en direction de ses parents. Son père, sorti de l'hôpital quatre semaines auparavant après une importante opération, s'appliquait à se tenir aussi droit que possible. Quant à Maria – que Sebastián se refusait à appeler sa « mère » –, elle se tenait aux côtés de son époux pour la première fois depuis vingt-cinq ans.

Sebastián aurait pu jurer que son retour dans le giron familial était dû au fait que les jours de José étaient comptés. L'encre sur le nouveau testament de celui-ci devait être à peine sèche, et il était assurément rédigé en faveur de Maria.

Bon sang ! pesta Sebastián en son for intérieur. Oui, il ne pouvait s'empêcher d'être désabusé et amer. Rien à voir avec son frère Alejandro, qui avait des étoiles dans les yeux. Britanniques, les étoiles !

Manifestement, la jeune Anglaise embauchée pour remanier le site web des vignobles Romero n'avait pas limité ses efforts à cette activité.

Reportant son attention sur cette dernière, Sebastián cherchait à formuler en pensée les paroles élogieuses que nécessitait son devoir de *padrino*, lorsque la *dama de honor* entra dans son champ de vision.

Anna.

Ses longs cheveux blonds, retenus par des pinces ornées de brins de fleurs d'oranger, encadraient son ravissant visage. Son élégante robe était d'une nuance ambrée évoquant le xérès produit par la famille Romero. La soie coulait sur son corps mince avec la même fluidité que l'aurait fait le vin. De fines bretelles s'attachaient à ses clavicules, et le regard de Sebastián remonta le long du cou gracile.

— *Sí, se ve hermosa* ! finit-il par glisser à l'oreille de son frère. Oui, elle est très belle !

Il avait su prononcer les compliments qu'il fallait. Mais la conviction qu'il y avait mise était imputable au fait que ce n'était pas de la mariée qu'il parlait...

Comme Anna s'approchait, il nota qu'elle avait laissé maquiller ses yeux et sa bouche. On avait même déposé une touche de fard sur ses pommettes. À moins qu'elle n'eût rougi en voyant qu'il la regardait... Il lui adressa un petit signe de tête, pour la remercier d'avoir accompagné la mariée avec tout le savoir-faire qui sied à une parfaite *dama de honor.*

À vrai dire, Sebastián était quelque peu décontenancé par l'attirance qu'il éprouvait pour la meilleure amie de sa future belle-sœur. Néanmoins, cela constituait une distraction bienvenue par cette journée cauchemardesque, songea-t-il.

Tandis que le prêtre discourait sur le caractère éternel de l'amour conjugal – ce qui faillit le faire grincer des dents –, Sebastián laissa divaguer ses pensées.

Anna était-elle plus séduisante avec ou sans maquillage ? À quel moment trouverait-il l'occasion d'effacer le rouge dont on avait paré ses lèvres sensuelles en y posant les siennes ?

Mais voilà qu'on lui réclamait les alliances... S'il ne s'était retenu, Sebastián les aurait lancées dans l'assistance pour bien marquer sa désapprobation. Personne ne lui ferait croire que son frère contractait un mariage d'amour ! Comme si l'on pouvait croire à la réalité de ce sentiment surfait !

Même lorsqu'il avait accepté de se fiancer, cela n'avait été que par devoir, pour faire ce qui s'imposait...

Avait-il éprouvé quelque chose ressemblant vaguement à ce que l'on appelle l'amour ? Pas pour Ella – diminutif d'Isabella –, à laquelle il avait été brièvement fiancé, non. Ni pour ce bébé prétendument attendu, et qui n'avait pas existé...

Pour l'instant, on entendait justement bébé qui braillait dans les travées de l'église. Un autre vint se joindre au concert, puis un autre encore.

Dans ce lieu sacré, les pleurs stridents résonnaient avec une forme d'ironie, venant fort à propos rappeler à Sebastián qu'un mensonge au sujet d'un enfant putatif lui avait fait envisager, un moment, de se jeter dans le mariage.

Jamais plus !

Peu à peu les doutes d'Anna s'estompaient.

Emily était visiblement très amoureuse. Et la façon dont Alejandro lui souriait donnait à penser que ce n'était pas un sentiment à sens unique. Tout bien considéré, ce qu'il y avait entre ces deux-là ressemblait véritablement à un amour sincère – même si Anna ne disposait pas de beaucoup d'éléments de comparaison pour asseoir son jugement en la matière...

Son regard se posa sur Sebastián. Elle ne pouvait s'empêcher d'être décontenancée par l'attraction que cet homme exerçait sur elle. Elle s'attarda sur la manière dont la coupe impeccable de son costume mettait en valeur ses larges épaules.

Danseraient-ils ensemble, quelques heures plus tard ? s'interrogea-t-elle.

C'était étrange d'être ainsi hypnotisée par cette nuque, de remarquer que les épaisses mèches brunes avaient été raccourcies depuis la veille, formant un V sur l'épiderme mat.

Et il était tout aussi surprenant qu'au beau milieu de cette église Anna sente son cœur battre comme celui d'une écolière – et ce, pour la première fois depuis des années.

Quant à la rougeur qui lui montait au visage, n'était-elle pas identique à celle de l'étudiante candide d'autrefois, lorsqu'un séduisant professeur étranger lui avait souri ? Écartant ce souvenir importun, Anna concentra son attention sur Sebastián.

L'attirance qu'elle éprouvait à son égard était une émotion d'une telle intensité, qu'elle n'avait pas le souvenir d'avoir jamais connu rien de tel. C'était tout à fait insolite. Quoique purement physique. Rien de plus.

Car tout ce qu'elle avait entendu dire au sujet de Sebastián Romero ne prêchait guère en sa faveur.

Alors pourquoi fallait-il que ses propres lèvres la trahissent, en ébauchant un sourire à la moindre sollicitation de ce détestable individu ? Et son cœur semblait ne plus se plier à la même logique que son cerveau, se mettant à battre la chamade dès qu'il se trouvait à proximité.

Pour l'instant, Sebastián fourrageait dans la poche de son élégant costume, à la recherche des alliances. Anna se demanda si elle se faisait des idées en notant ce qui lui parut être une légère hésitation de sa part, au moment de tenir les anneaux au-dessus de la bible ouverte, avant de les laisser tomber sur la page. À nouveau, elle se sentit trahie par la manière dont ses lèvres étaient prêtes à sourire devant cette manifestation de mauvaise humeur.

Regardant fixement devant lui, il écouta les échanges de consentements, puis leva les yeux vers la voûte au décor splendide lorsque des vagissements se firent entendre.

Manifestement, Sebastián détestait chaque seconde de cette cérémonie !

Ce qui n'empêcha nullement qu'il fasse preuve de la plus extrême courtoisie lorsqu'ils gagnèrent la sacristie pour signer les registres, traduisant pour Anna la requête du photographe :

— Il demande que vous vous rapprochiez de moi.

Venant se poster près de lui, elle sentit son corps réagir à la proximité de Sebastián, et un frisson la parcourut.

Tiens-toi tranquille ! s'intima-t-elle silencieusement quand il lui effleura le bras pour la guider.

Tu ne devrais même pas y prêter attention.

Le photographe les faisait se déplacer comme des pièces de jeu d'échecs sur un plateau, et le contact des doigts de Sebastián avait eu beau être à peine perceptible, il n'en avait pas moins propagé un frémissement sur l'épiderme d'Anna.

— *Más cerca*, protesta le photographe avec un mouvement des mains impérieux.

— Il veut que nous nous rapprochions davantage, traduisit Sebastián. Et nous ne devons pas oublier de sourire.

— Je suis certaine qu'il n'a pas dit tout cela, objecta Anna.

— Juste une de ces deux choses.

Cependant, et semblait-il malgré elle, Anna obéit aux deux injonctions : non seulement elle se rapprocha de Sebastián, mais elle sourit par-dessus le marché.

Une fois que toutes les formalités furent effectuées, tout le monde gagna la *bodega* où se tiendrait la réception.

Le lieu était aussi somptueux que la description d'Emily l'avait laissé présager. Le chai était, en fait, un vaste espace voûté, entre les arches duquel étaient stockés les fûts de bois sombre contenant le xérès des vignobles Romero. Les fenêtres en plein cintre étaient ornées de vitraux, et une estrade se dressait à l'une des extrémités. Une autre pièce constituait la *taberna*, la salle de restaurant aux murs de laquelle étaient accrochées des photos représentant des danseurs et danseuses de flamenco. Emily se hâta d'y entraîner Anna.

— C'est ici que j'ai rencontré Alejandro, dit-elle.

Mais elle fut très vite accaparée par les invités, et Anna gagna la cour, où un buffet présentait un assortiment de tapas à faire saliver.

— Allez-y doucement…

Avant même d'entendre la voix chaude, Anna avait eu la sensation que les pas, derrière elle ne pouvaient être que *les siens.*

— Croyez-moi, il y a encore tout un tas d'autres choses à manger, ajouta-t-il.

Anna abaissa le regard vers son assiette déjà bien remplie.

— Oh ! fit-elle, je pensais qu'il s'agissait du dîner.

S'emparant de l'un des petits-fours qu'elle avait sélectionnés, Sebastián expliqua :

— Non, ce ne sont que des petites choses destinées à être grignotées en attendant le vrai dîner qui durera des heures.

— Est-ce que votre discours est prêt ? s'enquit Anna.

— Il n'y en aura pas.

— Dommage…

Elle s'interrompit, sur le point de lâcher qu'elle regrettait de ne pas pouvoir en apprendre un peu plus sur sa personnalité en l'écoutant.

Il n'était pas dans les habitudes d'Anna de flirter. Elle n'était même pas certaine de savoir comment s'y prendre. Et pourtant, c'était ce à quoi elle avait failli se livrer avec cet homme.

— Tout va bien ? lui demanda-t-il. Vous ne connaissez personne, ici. N'hésitez pas à faire appel à moi si vous avez besoin d'un traducteur, ou de quoi que ce soit d'autre.

— Pas de problème.

Il était clair qu'il cherchait seulement à se montrer poli, songea Anna. Pourtant, il la prit par surprise en ajoutant :

— Si vous voulez, je peux vous faire un petit tour d'horizon. Pour que vous sachiez à qui vous avez affaire…

D'un mouvement du menton, il désigna une élégante vêtue d'une robe argentée.

— Vous voyez cette femme, coiffée d'une *peineta* - le peigne traditionnel des Andalouses ? C'est Maria, notre mère. À côté d'elle se tient José, notre père. Et cette jeune femme aux cheveux noirs, avec la robe vert bronze, qui fait la tête en buvant du champagne, c'est Carmen, ma sœur.

— Ah, d'accord...

Malgré elle, Anna était touchée que Sebastián se donne la peine d'alléger pour elle le stress de se retrouver seule au milieu de cette assistance inconnue.

— Quant à celle-là..., commença-t-il, tournant le dos à la foule, celle qui... Ah, je ne trouve pas le mot dans votre langue... Celle qui a l'air de sucer un citron...

— La femme en robe rose ?

— Oui. Mais un rose criard. Eh bien, c'est Mariana.

— Oh !

Ainsi, Sebastián avait pris soin de lui désigner tous ceux qui avaient tenu un rôle dans l'histoire d'amour éclair d'Alejandro et Emily.

— Il faut que je vous laisse, finit-il par dire en picorant encore une fois dans l'assiette d'Anna. Je viendrai vous chercher quand ce sera notre tour de danser.

Même si elle avait trouvé très agaçant que Sebastián liquide pratiquement le contenu de son assiette alors qu'un buffet regorgeant de tapas se trouvait juste derrière eux, Anna ne put que lui en être reconnaissante en constatant que le dîner était un véritable festin. Un festin interminable.

Elle avait été placée à la droite d'Emily – probablement puisqu'elle lui tenait lieu de famille –, et à sa propre droite se trouvait la très maussade Carmen.

— Je suis passée devant le centre équestre, hier, commença Anna dans un effort pour lier la conversation.

Carmen ne se donna même pas la peine de lever la tête de son assiette.

— On m'a dit que vous adorez l'équitation, insista Anna.

— Il vaudrait mieux, marmonna Carmen, vu que c'est mon travail.

Renonçant à parler à un mur, Anna se résigna à attendre la fin du repas, sans parvenir certainement à dissimuler sa lassitude. Car, lorsque son regard rencontra par accident celui de Sebastián, il eut une mimique ironique et mima avec les lèvres l'expression « je vous l'avais dit ».

Encore une fois, Anna ne put s'empêcher de lui sourire.

Puis arrivèrent les danses… Si c'était un moment qu'elle avait redouté, Anna était maintenant animée d'une fièvre impatiente.

Les mariés venaient d'ouvrir le bal et, du coin de l'œil, elle vit Sebastián se lever pour se diriger vers elle. Se postant derrière sa chaise, il lui tendit la main.

— Anna ? fit-il.

Opinant de la tête, Anna la prit et se mit debout. Le contact entre leurs deux épidermes avait été des plus brefs, mais elle avait eu le temps de sentir les longs doigts glacés. Comment était-ce possible, par une soirée aussi douce ? Devait-elle y voir le signe que le cœur de Sebastián Romero était également de glace ?

Lorsqu'ils furent sur la piste, il prit à nouveau sa main dans la sienne, puis plaça l'autre au creux de ses reins. Très délicatement.

Tout cela, songea Anna, n'était que la manifestation d'une politesse formelle. Cependant, leur conversation ne tarda pas à s'écarter de pareilles hypocrisies.

— C'est un beau mariage, vous ne trouvez pas ? attaqua Anna.

— Oh ! je vous en prie, ne me dites pas que vous vous êtes laissé avoir par toutes leurs simagrées !

— Ils ont l'air heureux, pourtant.

— Même les bébés, dans l'assistance, ont protesté !

Tandis qu'ils virevoltaient sur la piste, Anna revit la façon dont Sebastián avait levé les yeux au ciel, dans l'église, probablement pour trouver la force de supporter l'épisode.

— Mon père autorise les enfants à courir librement dans les travées, pendant l'office, observa-t-elle. Il est pasteur.

— Oh ! Eh bien, il apprécierait une noce espagnole. Personne ne se soucie d'envoyer les enfants au lit. Malheureusement !

Sebastián avait dit cela en promenant un regard courroucé autour d'eux.

— Vous trouvez qu'on ne devrait pas accepter la présence d'enfants lors de la réception ? demanda Anna. C'est plutôt joyeux, non ?

Si Willow était venue, songea-t-elle, son indomptable énergie l'aurait placée au premier rang des boute-en-train de la fête.

C'était avec une parfaite maestria que Sebastián continuait à la guider d'une main ferme entre les danseurs aux déplacements parfois fantasques. Bien qu'exposée aux regards de près de deux cents personnes, Anna se sentait étrangement à l'abri – comme si Sebastián l'avait entraînée dans quelque monde parallèle où tous deux échangeaient en privé.

— J'ai la réputation d'être le rabat-joie de service, lui souffla-t-il à l'oreille. Un vrai cynique...

Cette fois, il marqua le pas, avec l'air de s'interroger en son for intérieur, avant d'ajouter :

— En fait, j'ai tendance à mettre en doute les motivations des gens.

— Tout le monde n'est pas animé d'intentions inavouables, objecta Anna. Certaines personnes sont simplement...

Elle s'interrompit, se demandant si elle-même ne méritait pas d'être moquée pour son incroyable ingénuité.

N'était-elle pas assez candide pour n'avoir jamais imaginé que son corps puisse éprouver les sensations qui la parcouraient tandis que Sebastián l'étreignait ?

Dire qu'elle s'était imaginé avoir l'expérience de l'attraction physique ! Ce qu'elle avait connu, autrefois était incroyablement terne à côté de ce qu'elle ressentait en cet instant.

— Vous alliez dire que certaines personnes sont quoi ? insista Sebastián.

Anna releva la tête et planta son regard dans les prunelles de jais, avant de répondre :

— Certaines personnes font juste trop confiance à autrui.

— Et ce n'est pas votre cas ?

— Oh ! non ! Mais vous vous trompez si vous imaginez qu'Emily est poussée par des considérations indignes. Alejandro et elle sont clairement amoureux l'un de l'autre.

Sebastián laissa échapper un petit rire ironique.

— De grâce ! lâcha-t-il. Enfin, s'ils pensent faire le mariage d'amour du siècle, je leur souhaite bonne chance. Pour ma part, je préfère me tenir à l'abri de ce genre de choses !

— L'amour ne vous intéresse pas ?

— Seigneur, non ! Avoir à s'inquiéter pour quelqu'un d'autre que soi-même ? Non merci !

Éclatant spontanément de rire à cette remarque, Anna se dit qu'elle comprenait. Depuis la naissance de Willow, n'était-elle pas sans cesse sur le qui-vive ?

Soudain, elle songea qu'elle n'avait pas ri avec autant d'insouciance depuis des lustres.

Cet instant fut de courte durée car, déjà, la danse qu'elle avait à la fois redoutée et tant attendue s'achevait. Son devoir accompli, Sebastián la remercia et s'écarta d'elle.

Un peu plus loin, sur la scène, des piétinements résonnèrent ainsi que des *« Olé ! »* enthousiastes, tandis que la musique reprenait sur un rythme endiablé.

— Désolé de vous abandonner, déclara-t-il, mais je dois inviter ma mère à danser pour éviter que Maria de Luca soit la vedette de la soirée. Elle adore être au centre de l'attention.

Au milieu des exclamations, la plupart des invités s'élancèrent dans de brillantes démonstrations de flamenco. Il n'était pas jusqu'à Emily qui ne fasse étalage des résultats de ses cours de danse, sous les encouragements d'Alejandro.

Seule Carmen, continuant à afficher une mine renfrognée, demeurait assise.

Lorsque des airs plus familiers remplacèrent les accents du flamenco, Anna accepta l'invitation à danser de deux ou trois invités. Cependant, elle ne pouvait s'empêcher de laisser son regard errer en direction de Sebastián. De toute évidence, il n'y avait pas homme aussi sexy que lui dans l'assistance !

Lorsqu'elle eut remercié le dernier de ses cavaliers, Anna songea que le moment était peut-être opportun pour s'échapper et téléphoner en Angleterre.

— Est-ce que je te manque ? demanda Willow.

— Terriblement !

Tout en recommandant à sa fille d'être bien sage et d'obéir à ses grands-parents, Anna admira la *bodega*, ses piles de fûts en bois sombre, ses vitraux colorés... Un peu plus loin, en partie dissimulé dans l'ombre, un jeune couple s'embrassait. Détournant les yeux, Anna ne put s'empêcher de les envier.

Regagnant sa table, elle eut l'impression d'être en équilibre non seulement entre deux mondes – sa vie en Angleterre et cette somptueuse réception en Espagne –, mais aussi au bord d'expériences qu'elle n'avait jamais eu le temps de connaître.

Au cours de sa troisième année d'études à l'université, elle avait espéré pouvoir se permettre une vie sociale plus animée, sortir davantage, relâcher sa discipline de travail. Puis, elle avait fait une rencontre qui avait tout remis en cause...

Ou, plus justement, elle n'avait su résister à l'attention flatteuse qu'un homme lui accordait. Curieusement, tout ce qui relevait du contact physique ne lui avait jamais procuré beaucoup de plaisir. C'était avec réticence qu'elle s'était laissé embrasser ou caresser. Anna en avait conclu qu'elle n'était pas portée sur les choses du sexe, ou que son sentiment de culpabilité l'empêchait d'en profiter.

La table d'honneur était pratiquement vide lorsqu'elle reprit sa place. Elle se réjouit presque que Carmen y soit encore installée, attendant sombrement la fin des festivités.

— Bon sang, comme il me tarde que tout ça soit fini ! l'entendit-elle grommeler.

Affichant une moue obstinément boudeuse, la benjamine du clan Romero leva les yeux au ciel d'un air excédé lorsque Sebastián s'approcha et la gratifia d'une remarque clairement acerbe – bien qu'Anna n'en comprît pas véritablement le sens puisqu'il s'était exprimé en espagnol.

Carmen était à l'extrémité de la table, et Sebastián vint s'asseoir à côté d'Anna. Il eut la politesse de s'excuser auprès d'elle avant de continuer à s'adresser à sa sœur dans leur langue maternelle. Quelle qu'ait pu être la teneur de ce qu'il lui dit, cela provoqua un coup d'œil furibond de cette dernière.

— Non ! répliqua-t-elle vertement, avant qu'ils ne poursuivent leur dispute en espagnol.

Ce fut probablement en voyant que leur père revenait s'asseoir qu'ils se remirent à s'exprimer en anglais. Anna avait beau se défendre de toute forme de curiosité – quoiqu'elle n'en fût pas totalement exempte –, il lui était difficile de ne pas tendre l'oreille.

— Carmen, tu ne peux pas continuer à ignorer ton père, grondait Sebastián d'une voix sourde.

— Il est en train de se couvrir de ridicule, protesta Carmen.

José semblait hypnotisé par sa femme qui dansait, entourée d'un essaim d'admirateurs. Comme Sebastián l'avait prédit, Maria occupait le devant de la scène.

Pour leur part, Alejandro et Emily semblaient ne pas s'en soucier le moins du monde. Étroitement enlacés, ils ondulaient au son de la musique.

— Ce soir, *papá* vit un rêve éveillé, observa Sebastián.

— Pas du tout ! objecta Carmen. Son rêve, c'était qu'Alejandro épouse Mariana.

— Eh bien, disons que, ce soir, c'est l'amour qui l'emporte.

Sebastián avait dit cela d'un ton désabusé, et il baissa la voix pour ajouter :

— Il est malade, Carmen. C'est peut-être la dernière fois que nous avons l'occasion de nous réunir pour fêter ce genre d'événement.

— *Sebastián, por favor, no digas eso.*

Malgré sa piètre maîtrise de leur langue, Anna n'avait eu guère de mal à comprendre ce que Carmen avait lâché d'une voix empreinte de désespoir :

— Sebastián, je t'en prie, ne dis pas ça !

Ce ton âpre avait d'ailleurs attiré vers eux le regard de José, et

Sebastián se remit à utiliser l'anglais pour lancer fermement à sa cadette :

— Va inviter ton père à danser. Et, même si tu dois en avoir des crispations à la mâchoire, souris à Maria et parle-lui.

Une nouvelle fois, Anna se fit la réflexion qu'il n'avait pas dit « à ta mère ». Personne ne semblait employer ce terme la concernant...

— Jamais ! lâcha Carmen avec une exaltation tout espagnole. Plutôt mourir !

— Très bien, rétorqua durement Sebastián à voix basse. Tu n'auras pas fini de regretter ton attitude infantile quand *papá* ne sera plus là.

Il semblait que son admonestation sévère ait porté ses fruits, car Carmen rejeta en arrière sa longue chevelure de jais, plaqua un sourire sur son visage, et se leva pour aller tendre la main à son père.

— *Papá ?* fit-elle.

Malgré la fatigue qui tendait ses traits, le visage de José s'illumina. Sans se faire prier, il suivit sa fille sur la piste.

— Désolé de m'être entretenu avec ma sœur sans tenir compte de votre présence, déclara Sebastián en s'adressant à Anna.

Surprise, elle tourna la tête vers lui.

— Ce n'est pas grave, dit-elle.

— Regardez-moi ça ! souffla-t-il d'un air sombre.

Renonçant à la contemplation de son beau visage, Anna reporta son attention sur les danseurs. Maria avait rejoint Carmen et José pour les enlacer.

— C'est bien, murmura Sebastián en voyant que sa sœur ne repoussait pas le bras posé sur ses épaules.

Cette approbation venait manifestement du cœur, songea Anna.

— Vous aimez beaucoup votre père, observa-t-elle.

— Pas toujours, objecta Sebastián en secouant la tête. Mais je ne veux pas que Carmen puisse regretter de lui avoir battu froid ce soir.

— Est-ce que José est gravement malade ? s'enquit Anna. Emily m'a dit qu'il avait subi une opération récemment.

Sebastián eut un petit haussement d'épaules.

— Ça s'est bien passé, dit-il. Mais, comme je l'ai dit à ma sœur, nous n'aurons probablement pas l'occasion de fêter à nouveau de tels événements. Pour ma part, je n'ai pas la moindre intention de me marier, ni d'avoir des enfants.

— Vous semblez étonnamment certain de votre fait.

— Oh oui ! Encore plus que de voir le jour se lever demain. Et comme Carmen vient apparemment de rompre avec...

Après un geste de la main signifiant qu'il ne se souvenait plus du nom de celui dont sa sœur venait de se séparer, Sebastián esquissa une petite moue, avant d'ajouter :

— À moins qu'il n'y ait un futur baptême dans l'air...

Puis il gratifia Anna d'un sourire entendu pour montrer qu'il n'avait aucun doute sur les raisons de ce mariage.

Même si Sebastián ne cachait pas son scepticisme quant à l'union de son frère avec Emily, il était clair qu'il mettait tout son cœur à accomplir au mieux sa tâche de témoin du marié, prenant soin d'écarter ce qui risquait de gâcher la fête.

Anna ne pouvait s'empêcher de l'admirer, quand bien même elle n'ignorait pas l'aversion légitime que lui portait sa meilleure amie. Cependant Emily n'était pas au courant de la manière dont Sebastián accomplissait son devoir.

— Êtes-vous proche de votre famille ? lui demanda-t-il, dans un effort manifeste pour trouver un sujet de conversation.

Anna commença par se contenter d'un vague signe de tête affirmatif. Mais, soudain, elle eut envie de se montrer sincère.

— En fait, je l'étais, fit-elle. Autrefois...

À sa grande horreur, elle sentit les larmes monter.

Mais comment expliquer que ses parents attendaient toujours ses excuses pour ce qu'ils considéraient être ses erreurs ? Ce à quoi Anna se refusait, car cela aurait signifié regretter que Willow soit venue au monde !

Bon sang ! Pareilles réflexions la bouleversaient. Or, il n'était pas question que Sebastián la voie pleurer !

En quête d'une occupation qui lui permettrait de se reprendre,

Anna chercha à attraper son verre, une serviette, ou son sac à main, mais ce furent les longs doigts de Sebastián qu'elle rencontra.

— Vous dansez ? fit-il.

— Je ne crois pas que…

— Allons, c'est notre devoir d'animer la soirée, non ?

— Vous prenez votre fonction de *padrino* très au sérieux.

— C'est vrai.

La faisant se lever, Sebastián entraîna Anna sur la piste. Pendant quelques instants, ils dansèrent en silence. Puis, il se pencha à son oreille pour murmurer :

— Dès demain, je recommencerai à dire à mon frère ce que je pense de la folie qu'il vient de commettre.

— Vous auriez préféré qu'il épouse Mariana ?

— Au moins, cela aurait eu du sens sur le plan commercial. Rien à voir avec ces stupidités sentimentales !

— Alors, pourquoi n'épousez-vous pas Mariana, vous-même ?

— Parce que je n'ai aucune intention de lier mon sort à celui de quelqu'un d'autre. Qui plus est, je suppose que Mariana souhaite avoir des enfants.

S'appliquant à suivre le rythme de la musique, Anna se dispensa de poursuivre la conversation.

Pour une fois, cependant, il lui importait peu de ne pas être une danseuse hors pair, car la maestria de Sebastián compensait amplement ses propres maladresses. Jamais elle n'avait eu cavalier aussi expérimenté. Il resserra son étreinte, et murmura :

— Vous voyez que nos pas s'accordent à la perfection…

— C'est uniquement grâce à vous.

— Comment vous sentez-vous dans vos talons aiguilles ?

Encore une fois, Anna s'étonna du sourire spontané qui lui vint aux lèvres.

— C'est un pur calvaire, répondit-elle.

— Alors, cramponnez-vous à moi.

Sur ce, Sebastián la serra plus étroitement, de sorte que la tête d'Anna vint pratiquement reposer contre son torse musclé. Lorsqu'il remonta la main dans son dos, ce fut comme s'il avait activé en elle un variateur d'intensité dont il aurait augmenté progressivement la puissance.

L'excitation qu'Anna avait sentie crépiter en elle dès leur rencontre, à l'aéroport, reprenait soudain de la vigueur, allumant un brasier au tréfonds de son être.

Sebastián inclina la tête pour murmurer à son oreille :

— Quand la chaussure va, on ne pense plus au pied...

L'esprit embrumé, Anna eut besoin de quelques instants avant que le sens des paroles prononcées par cette voix sourde ne lui parvienne. Levant les yeux pour rencontrer le regard de jais, elle s'efforça d'adopter un ton léger pour demander :

— C'est une maxime de votre invention ?

— Oui, répondit Sebastián.

Mais il sourit, et esquissa un clin d'œil pour montrer qu'il plaisantait.

— Non, reprit-il. C'est une phrase de Zhuangzi, le penseur chinois.

— Ça me plaît bien, observa Anna en essayant de mémoriser la phrase.

Puis, elle appuya le front contre Sebastián. Il sentait divinement bon – un mélange de bergamote et de citron, auquel s'ajoutait une note boisée.

Soudain, elle sentit la grande main remonter délicatement le long de son épine dorsale – ce qui n'avait plus rien à voir avec l'étreinte polie d'un danseur guidant sa cavalière.

— Et ça ? fit-il. Est-ce que ça vous plaît aussi ?

Aucun homme n'avait pris Anna dans ses bras depuis le père de Willow. Et jamais les mains de celui-ci ne l'avaient caressée avec une lenteur et une délicatesse aussi grisantes.

Comment était-il possible qu'un simple effleurement des longs doigts experts de Sebastián suffise à lui donner envie de s'abandonner complètement, de se lover dans ses bras, et de souder ses lèvres aux siennes ?

— Oui, répondit-elle dans un souffle.

Car c'était la vérité pure et simple : elle prenait un plaisir inouï à cette simple caresse.

C'était à croire qu'avec cette danse Sebastián l'initiait à des sensations qu'Anna n'avait jamais connues jusque-là. Elle découvrait qu'une paume simplement ouverte sur sa chute de reins pouvait nouer au creux de son abdomen une tension qui rendait ses jambes flageolantes ; que l'étoffe de la veste contre sa joue était presque brûlante ; que, même lorsqu'elle finissait par trouver le frais coton de la chemise immaculée, cela ne suffisait pas à apaiser le feu de son visage…

Et Anna en venait à rêver que son épiderme enfiévré puisse enfin se rafraîchir au contact des pectoraux d'airain.

Pour la première fois de sa vie, elle s'interrogeait sur ce que devait être l'apparence du corps sous la cuirasse du costume. À quoi pouvait bien ressembler la toison sur son torse ? Sebastián n'était clairement pas du genre à se faire épiler.

— Regardez-moi Anna, lui intima-t-il.

Il fallut à Anna un effort de volonté pour s'arracher à tant de sensations grisantes, mais ce qu'elle découvrit en levant les yeux était tout aussi fabuleux. La repousse de barbe ombrait délicieusement la mâchoire de Sebastián, et les traits de son beau visage anguleux présentaient une symétrie parfaite.

Sebastián Romero était indubitablement le plus bel homme qu'Anna n'eût jamais rencontré – le plus viril, aussi. Et elle mourait d'envie de l'embrasser.

— Je suis sûr que nous nous accorderions merveilleusement bien, ajouta-t-il.

Fronçant les sourcils, Anna se demanda si elle avait bien compris les sous-entendus de cette remarque. Il lui suffit de vriller son regard aux prunelles sombres pour y lire une invitation manifeste.

— Je pars demain, objecta-t-elle.

— Cela nous laisse toute cette nuit.

Avec n'importe qui d'autre, Anna aurait instantanément tourné les talons. À moins qu'elle n'eût giflé l'insolent... Mais il ne s'agissait pas de n'importe qui.

Sebastián rendait envisageable l'inconcevable même – une aventure d'une nuit. Anna se sentait prête à devenir une autre.

Cependant, elle n'en avait pas moins conscience du danger : celui d'être sur le point de céder à l'imprudence. Car, au lieu de prendre ses jambes à son cou, elle se lova dans les bras de son cavalier, en proie à un tumulte de sentiments. Elle était à la fois déconcertée, scandalisée, piquée au vif, indécise...

— Nous ne nous sommes même pas embrassés, fit-elle.

— Je peux remédier à cela sur-le-champ.

— Non !

Quoi qu'il en soit, Anna se garda bien d'échapper à l'étreinte de Sebastián. Au lieu de cela, elle appuya de nouveau son front brûlant contre le torse d'athlète.

Rien qu'une nuit...

Cette seule idée aurait dû la scandaliser. D'ailleurs, n'était-ce pas ce qu'elle avait d'abord ressenti ?

Mais, une fois que l'aiguillon de l'indignation eut perdu de sa vigueur, la proposition de Sebastián ne cessa de tourner dans l'esprit d'Anna, tandis qu'ils continuaient à danser.

Après tout, pourquoi ne pas considérer cette soirée comme une forme de compensation ?

Avait-elle jamais eu l'occasion de danser, flirter, rire, éprouver du désir ? Cela faisait même une éternité qu'elle ne s'était pas simplement permis de sortir avec un homme.

Au village, l'offre de rencontres était des plus limitées. Et les ragots allaient bon train. N'était-elle pas mère célibataire ? Et fille du pasteur local, par-dessus le marché !

« Le moindre de tes gestes a inévitablement des répercussions sur l'image de notre famille. »

C'était le mantra qui avait accompagné Anna depuis sa tendre enfance. Mais elle était au fin fond de l'Espagne pour encore une nuit, et Willow était en sécurité...

Alors, comment ne pas trouver rafraîchissant que Sebastián ne lui propose qu'une aventure d'une nuit ?

Cette nuit même !

Et puis, elle ne pouvait s'empêcher d'avoir envie d'en savoir un peu plus sur les raisons qui faisaient que son corps réagissait d'une façon étonnante à cet homme.

— Ne te retourne pas, murmura Sebastián, la faisant sursauter par ce passage soudain au tutoiement. La mariée nous regarde avec un air préoccupé.

— Ah bon ? s'étonna Anna. Je devrais peut-être...

— Inutile. Ce qui la perturbe, c'est de nous voir enlacés. Je ne suis pas vraiment en odeur de sainteté auprès d'Emily.

— Je m'en étais rendu compte.

— Nous ferions mieux de nous séparer pour l'instant, et de donner le change en dansant avec d'autres. Mais il n'est pas question que ce soit aussi langoureusement qu'avec moi !

— Pas de souci. Cela me paraît tout à fait impossible !

— *Maldita !* Je n'ai pas vraiment envie de te laisser là...

C'était pourtant indispensable, et pas seulement pour dissiper les doutes d'Emily. Anna était certaine que, s'ils ne s'étaient pas séparés, ils n'auraient pu résister davantage à l'envie de s'embrasser. Ses lèvres étaient presque douloureuses tant ce besoin la taraudait.

— Tu sais où se trouve ma suite, souffla Sebastián tandis que la musique s'éteignait. Tu m'as vu y entrer, hier.

Anna serra les paupières. La vision de la lourde porte de bois était gravée dans son esprit. Lorsque Sebastián s'écarta d'elle, une sensation de froid l'envahit, en dépit de la douceur de la nuit espagnole.

Entre bouleversement et excitation, elle éprouvait des émotions qui lui étaient totalement étrangères. Revenant à sa table, Anna prit une longue gorgée d'eau glacée. Il ne s'écoula que quelques secondes avant qu'Emily ne la rejoigne.

— Que se passe-t-il entre Sebastián et toi ? s'enquit-elle.

— Rien. Il me faisait juste danser, comme il est de règle entre témoins des mariés.

— Ne me raconte pas d'histoires, Anna !

Ouvrant des yeux ronds, Emily scruta le regard de son amie, avant d'ajouter avec véhémence :

— Ce type est un manipulateur ! J'espère que tu n'es pas en train de te laisser prendre à son charme. Il enchaîne les liaisons, et il vire ses conquêtes en moins de temps qu'il n'en faut pour le dire.

— J'ai juste profité de ses talents de danseur, Emily.

— Je détesterais qu'il te fasse du mal. Alejandro et moi n'allons pas tarder à nous éclipser, mais la fête va encore durer des heures. Et n'oublie pas que toute la famille se retrouve pour le petit déjeuner à l'hôtel, demain matin. Je suis tellement contente que tu aies pu venir !

Sous les acclamations de l'assistance, les jeunes mariés furent accompagnés jusqu'à la sortie de la *bodega* où les attendait une somptueuse limousine. Puis, tout le monde revint faire la fête avec le même entrain.

Ce fut alors qu'Anna découvrit la disparition de Sebastián.

Lorsqu'elle sortit de la *bodega,* elle remarqua les vitraux de couleur évoquant une église. Devait-elle y voir une mise en garde ? En soupirant, elle se dit qu'en définitive il serait plus sage de renoncer à passer la nuit avec Sebastián.

Arrivée à l'hôtel, Anna salua le concierge d'un signe de tête, et attendit que le liftier lui ouvre la grille de l'ascenseur qui la conduirait jusqu'à sa suite. Mais, tout à coup, elle eut l'impression qu'il s'agissait de la herse d'une prison.

Or, Sebastián lui offrait une nuit d'absolue liberté...

— *Perdóneme*, dit-elle à l'homme en rougissant.

Faisant volte-face, Anna retraversa le hall en direction du couloir au bout duquel se trouvait l'imposante porte de bois.

Elle n'était pas verrouillée. Aussi Anna s'aventura-t-elle dans le patio sur lequel elle ouvrait. On aurait dit une sorte de jardin secret, baigné d'une douce musique romantique, éclairé par le scintillement d'une myriade de bougies.

Sebastián l'y attendait. Il s'était débarrassé de sa cravate et de sa chemise, et Anna songea qu'elle avait vu juste en supposant qu'il n'était pas homme à se faire épiler.

Seigneur, il était somptueux !

— Eh bien, lâcha-t-il en se laissant tomber à genoux devant elle pour lui ôter ses chaussures, nous allons enfin pouvoir danser comme il nous plaira.

3

Le soulagement d'être délivrée du carcan de ses chaussures n'était rien en comparaison de celui qu'éprouva Anna lorsqu'elle sentit l'épiderme de Sebastián contre sa joue.

Non, à vrai dire, ce qu'elle ressentait était tout autre chose que du soulagement…

Ce fut en tremblant de la tête aux pieds qu'elle comprit que Sebastián faisait descendre la fermeture à glissière de sa robe, sous son aisselle.

— Est-ce que ton amie t'a mise en garde contre moi ?

— Bien sûr.

C'était d'une voix méconnaissable à sa propre oreille qu'Anna avait répondu. On y sentait vibrer le désir. Et, lorsque Sebastián s'empara de sa bouche, elle faillit laisser échapper un sanglot éperdu. Sa langue impérieuse lui fit écarter les lèvres, puis Sebastián approfondit son baiser.

Anna découvrit, alors, une part d'elle-même dont elle n'avait jamais eu conscience. D'instinct, elle agrippa la soie des cheveux de jais pour retenir la tête de Sebastián, tandis qu'elle prenait vie sous la pression exigeante de la bouche brûlante.

Oh ! il n'avait pas besoin de la forcer pour qu'elle offre ses lèvres ! La flamme qu'il allumait en Anna – dont elle avait toujours ignoré l'existence – suffisait amplement à susciter de sa part un empressement inattendu.

— J'ai envie de t'embrasser depuis le début de la soirée, souffla-t-il contre sa bouche. Même depuis hier, à vrai dire.

La soulevant du sol, Sebastián l'emporta à travers le patio, sans qu'Anna ne détache ses lèvres des siennes. Jusqu'au moment d'atteindre le lit, où il la déposa.

Pantelante, Anna demeura allongée, tout son corps tendu de désir, la bouche gonflée de leurs baisers, tandis qu'il la dévorait des yeux.

— Maintenant, je vais te déshabiller, annonça-t-il comme pour éviter de la prendre par surprise.

Lentement, il remonta la robe jusqu'à sa taille, lui effleurant les cuisses de ses mains caressantes. Anna s'assit sur le lit et leva les bras au-dessus de sa tête, afin de l'aider à la dévêtir. Pas un mot ne fut échangé entre eux tandis que Sebastián déposait le vêtement sur le dossier d'une chaise. Ils semblaient se rejoindre dans la même béatitude muette.

Puis, il revint vers elle, et dégrafa son soutien-gorge dont il la débarrassa. Tendrement, il enserra un sein dans sa paume, tout en déposant un baiser sur la joue brûlante d'Anna. Elle se laissa tomber sur le dos, paupières closes.

Maintenant, il entreprenait de faire glisser sa culotte le long de ses jambes. À sa grande surprise, Anna n'éprouva pas son habituelle timidité en se retrouvant entièrement nue. Bien au contraire, elle savourait pleinement le fait d'être ainsi exposée au regard sombre, d'entendre la respiration de Sebastián s'accélérer.

— Anna, souffla-t-il, ta présence a rendu cette journée supportable.

— Je sais, répondit-elle. C'est pareil pour moi.

Tandis qu'il défaisait la ceinture de son pantalon, Anna songea qu'elle aussi avait pris un plaisir indicible aux quelques moments qu'ils avaient partagés.

Se redressant en appui sur les coudes, elle se délecta du spectacle qu'offrait ce splendide corps mâle dénudé : les bras musclés, les longues jambes robustes, ombrées d'une généreuse toison... La splendide érection lui fit crisper les mâchoires, et elle oublia toute pudeur pour tendre la main.

Anna s'étonna de l'incroyable douceur des boucles brunes ornant le bas-ventre, avant de refermer les doigts autour du sexe dressé qu'elle caressa, l'explorant lentement.

Sebastián s'écarta alors pour prendre un préservatif dans le tiroir de la table de nuit. Anna ne le quitta pas des yeux tandis qu'il le déroulait délicatement sur lui. Ensuite, elle s'allongea à nouveau, tremblante d'anticipation.

Il vint se placer au-dessus d'elle, en appui sur les mains et les genoux, et murmura :

— J'embrasserai chaque parcelle de ton corps, plus tard...

— Moi aussi, souffla-t-elle d'une voix enjôleuse qu'elle ne se connaissait pas.

Puis Anna s'abandonna au plaisir sans mélange d'un baiser échangé peau contre peau. Le désir que Sebastián avait allumé en elle ne fit que croître lorsqu'il écarta ses cuisses avec les siennes. Elle se sentait tellement prête à le recevoir..., totalement offerte !

La sensation qu'elle éprouva lorsqu'il la pénétra, en une longue poussée, était un pur délice. Se mettant en appui sur ses avant-bras, Sebastián vrilla son regard au sien avant de se mettre en mouvement, s'insinuant peu à peu au plus profond de son être.

— C'est juste divin, souffla-t-il.

Anna ne parvenait pas à retenir de petits sanglots étouffés, et elle lâcha dans une sorte de rire saccadé :

— Non, mais je n'y crois pas : je pleure !

— Tu pleures parce que tu te laisses enfin aller.

— Oui.

Parce que, effectivement, elle cédait aux exigences de son corps. Et Sebastián semblait en faire de même, car il se mit à plonger en elle de plus en plus vite, transformant les hoquets d'Anna en gémissements lourds de désir.

— Oui..., redit-elle, sans trop savoir à quoi elle acquiesçait.

Les halètements de Sebastián suivaient le rythme des assauts auxquels il la soumettait, jusqu'au moment où il donna un coup de reins encore plus puissant et s'immobilisa. Le cri qu'il laissa alors échapper était plus délicieux que ce qu'Anna eût jamais entendu.

C'était comme si ce son trouvait une résonance dans tout son être, car elle s'accorda instinctivement à la vigueur avec laquelle Sebastián la possédait, fonçant follement vers un vortex de sensations mystérieuses où tous deux étaient unis, se contractant autour de son érection dans des spasmes qui les conduisirent à jouir en même temps.

— *Dios*..., lâcha Sebastián, comme groggy.

Pendant quelques secondes, Sebastián demeura étourdi, incapable de se résoudre à se retirer. S'il s'était écouté, il aurait doucement recommencé à se mouvoir en Anna pour les conduire tous deux à une nouvelle escalade de plaisir. Mais il était trop prudent pour cela. Aussi se dégagea-t-il lentement.

— Ça va ? s'enquit-il, tandis qu'ils demeuraient allongés dans la douce lueur des bougies.

Attirant Anna contre lui, Sebastián songea que la troublante jeune femme abandonnée dans ses bras lui avait fait baisser la garde comme cela ne lui était peut-être jamais arrivé.

De plus, grâce à sa présence, l'abominable journée s'était déroulée bien mieux qu'il ne l'avait espéré. Mais il s'était laissé aller à des confidences – sur lui-même et sa famille – dépassant largement ce qu'il avait pour habitude de confier.

Il était temps qu'il mette un point final à tout cela !

— Anna..., commença Sebastián, avant de s'interrompre car il ne savait trop quoi dire.

Comme elle ne réagissait pas, il comprit qu'elle était endormie.

Instinctivement, il commença à retirer son bras de sous la tête de la jeune femme. Il n'était pas dans ses habitudes de prolonger l'acte sexuel par un moment de béatitude. C'était une chose à laquelle il se refusait absolument. Pourtant, Sebastián finit par laisser son bras là où il était, et par fermer les yeux. Pour un bref instant seulement..., se dit-il.

Plusieurs heures s'étaient écoulées lorsqu'il s'écarta d'Anna et se leva afin de gagner la salle de bains.

Une bonne douche aiderait peut-être à ce qu'il reprenne ses esprits. Car elle l'avait troublé au-delà du raisonnable.

Et il ne s'expliquait pas la raison d'un tel émoi.

La vibration de son téléphone fit ouvrir les yeux à Anna, et elle se rendit compte qu'elle avait manqué plusieurs appels de Willow.

— Comment ça va, ce matin, ma puce ? demanda-t-elle en la rappelant.

— On part à l'église ! s'exclama Willow. Il y aura *deux* offices.

— Formidable !

En souriant, Anna songea qu'elle aussi avait connu pareille excitation, autrefois. Puis, elle ajouta :

— Je reprends l'avion après le petit déjeuner. Tu n'auras pas encore quitté l'église que je serai en route

Elles bavardèrent encore quelques minutes, jusqu'au moment où Anna entendit sa mère appeler Willow.

— À tout à l'heure, mon cœur, conclut-elle. Je t'aime !

Sebastián regagnait la chambre au même instant, et Anna le vit ciller de surprise.

— Sebastián..., lâcha-t-elle en se passant nerveusement la main dans les cheveux. Ce n'était pas ce que...

Il haussa les épaules.

— Pas de souci, fit-il. Tu n'as pas besoin de te justifier. Nous savons, tous les deux, que c'était juste pour une nuit.

— Non ! protesta Anna, refusant de ne pas s'expliquer. C'était ma fille... Willow.

Le regard de Sebastián soutint celui d'Anna. Pour des raisons qu'il ne s'expliquait pas, il aurait préféré l'avoir surprise en conversation avec son amant. Après tout, il ne lui aurait pas paru autrement étonnant qu'elle lui cache la présence d'un homme dans sa vie. Mais celle d'une enfant !

Au cours des deux journées – ou presque – qu'ils avaient passées ensemble, et en dépit de ce qu'ils avaient partagé, jamais Anna n'avait mentionné l'existence de sa fille.

Il se sentait étrangement trahi.

— Tu ne m'avais pas dit que tu en avais une, protesta-t-il.

Tout à coup lui revenait à l'esprit la façon dont Maria oubliait fort à propos que trois rejetons l'attendaient au foyer, lorsqu'elle partait en tournée et le laissait en charge de sa sœur, encore en bas âge, ainsi que de son jeune frère…

Il ne put se retenir de porter un coup bas à la jeune femme allongée dans le lit défait.

— Loin des yeux, loin du cœur, c'est ça ? siffla-t-il.

D'accord, c'était perfide, mais cela méritait d'être dit !

Pétrifiée, Anna enregistra l'amertume avec laquelle Sebastián venait de lâcher cette perfidie. Elle se força néanmoins à se mettre debout et à ramasser sa robe, avant de trouver l'énergie de rétorquer :

— Je ne pensais pas que nous en étions au stade des confidences sur nos vies respectives.

Maladroitement, elle enfila robe et chaussures en silence.

Ce fut seulement lorsqu'elle eut la main sur la poignée de la porte qu'elle se tourna vers Sebastián et lui lança :

— Si j'étais un homme, il ne te viendrait même pas à l'idée de me reprocher d'avoir abandonné ma fille pour un week-end.

Pendant quelques secondes, il soutint son regard mais ne fit pas le moindre commentaire.

— Tu n'es qu'un sale macho ! ajouta-t-elle. Et un…

Sur le point de proférer une grossièreté qui dépassait amplement toutes les invectives qu'elle n'avait jamais utilisées, Anna se retint. Ce n'était pas aujourd'hui qu'elle allait devenir vulgaire !

— Merci pour cette nuit formidable, se contenta-t-elle de conclure d'un ton sec, avant de s'éclipser.

Le petit déjeuner lui parut un véritable calvaire.

Tandis que les familles Romero et De Luca, ainsi que leurs invités, se jetaient avec appétit sur la nourriture, Anna se borna à avaler un café bien fort et à grignoter une pâtisserie. Elle avait l'estomac noué.

Manifestement, Sebastián considérait avoir fait son devoir et être quitte de ses obligations, car il annonça qu'une solide gueule de bois lui interdisait de reconduire Anna à l'aéroport et qu'elle serait plus en sécurité avec l'un des chauffeurs de la maison.

Emily la serra sur son cœur au moment de la séparation.

— Merci à la plus merveilleuse des amies pour m'avoir assistée comme tu l'as fait, dit-elle. J'aimerais tellement que tu puisses rester plus longtemps.

— Ne dis pas de bêtises, protesta Anna en souriant. Ta lune de miel t'attend... Et puis, nous ne tarderons pas à nous revoir.

Lorsque Anna prit congé de l'assemblée en la saluant à la ronde de la main, Sebastián l'ignora avec application.

Qu'il ait osé mettre en question la façon dont elle s'acquittait de son rôle de mère la mettait à cran.

Tout au long de son voyage de retour, Anna ne put s'empêcher d'être taraudée par un épouvantable sentiment de culpabilité. Contrairement à ce que ses parents imaginaient, elle n'avait jamais connu d'aventure d'un soir. Le père de Willow était un professeur invité par l'université où elle effectuait sa dernière année d'études. Peu habituée à être l'objet des attentions d'un homme, Anna avait pris cela pour de l'amour...

Fallait-il qu'elle ait été candide ! se reprocha-t-elle en émettant un grognement qui fit sursauter son voisin.

Laissant son regard errer sur les nuages gris, de l'autre côté du hublot, elle rectifia d'elle-même : à dire vrai, c'était jusqu'à la veille au soir qu'elle avait été totalement innocente !

Un peu plus tard, assise dans la cuisine du presbytère où elle avait grandi, Anna eut le sentiment de dissimuler à ses parents la femme intrépide – presque dévergondée – qu'elle était devenue. Dire qu'elle avait eu l'audace de coucher avec un homme qu'elle connaissait à peine !

Pourtant, n'avait-elle pas aussi fait preuve d'une incroyable naïveté ? Persuadée qu'il y avait entre elle et Sebastián un lien étonnamment profond, Anna avait voulu croire qu'il n'était pas celui qu'Emily décrivait.

Apparemment, son amie avait vu juste. Le soudain mépris qu'il avait affiché à son égard suffisait à le démontrer.

Anna se sentait tout aussi abandonnée et rejetée que lorsque son ex avait rompu. Mais il y avait bien plus préoccupant, car la nuit passée avec Sebastián, était ce qu'elle avait connu de plus excitant de toute sa vie. Désormais, Anna savait ce qu'elle avait manqué pendant toutes ces années.

Inoubliable !

En dépit du fiasco de leur séparation, la rencontre avec Sebastián était quelque chose qu'Anna ne parvenait pas à oublier. Et pas seulement parce qu'Emily n'avait pas tardé à lui envoyer le lien permettant d'accéder aux photos du mariage... Se pelotonnant sur ses genoux, Willow pointa le doigt vers celle montrant Maria, en tenue de danseuse.

— C'est qui ? questionna-t-elle.

— Maria, la belle-mère d'Emily. C'est une danseuse de flamenco très célèbre.

— Moi aussi, j'aimerais en être une, soupira Willow.

— Je sais, ma chérie ! s'exclama Anna en éclatant de rire.

Sa fille avait tenu à revêtir la robe d'un vert tapageur qu'Emily lui avait offerte, juste pour regarder l'album.

— Et lui, c'est Alejandro ? demanda Willow en désignant la haute silhouette d'un hidalgo incroyablement séduisant.

— Non, c'est son frère, répondit Anna l'air de rien.

Elle se hâta de cliquer pour faire apparaître l'image suivante, mais ce fut encore pire. On y voyait Sebastián et elle, côte à côte, dans la sacristie.

— Comment il s'appelle ? la relança Willow.

— Sebastián.

À partir de ce jour-là, chaque soir, après avoir couché Willow, Anna s'interdit de regarder les photos à nouveau. Elle prenait son ouvrage – une courtepointe qu'elle brodait pour le bébé d'Emily –, tâchant de s'absorber dans son travail. Mais c'était comme savoir qu'une boîte de chocolats l'attendait...

À vrai dire, des images de Sebastián ne cessaient de se former dans son esprit, aux moments les plus inattendus. Un jour, tandis qu'elle était à son travail, le simple fait d'enlever sa chaussure pour remuer les orteils, suffit à lui rappeler la citation de Zhuangzi qu'il avait mentionnée. Une recherche sur Internet la lui révéla dans sa totalité :

« Quand la chaussure va, on ne pense pas au pied ; quand la ceinture va, on oublie le ventre. Quand le cœur est en paix, on se moque du "pour" et du "contre". Aucun besoin, aucune compulsion, aucune exigence, aucune attirance : alors tout est sous contrôle. On est libre. »

Bien qu'elle ne fût pas tout à fait certaine d'en comprendre le sens exact, Anna mit la citation en fond d'écran sur son téléphone.

Elle avait maintenant conscience que sa relation sexuelle avec le père de Willow avait été dépourvue d'intérêt. Pourtant, ce qui lui manquait par-dessus tout, ce n'était pas tant ce qu'elle avait connu de bouleversant dans les bras de Sebastián que leurs échanges, les confidences partagées – d'accord, hormis son omission de Willow –, et leur complicité dépourvue de malice quant aux raisons véritables du mariage.

Une préoccupation qui semblait des plus infondées, car Emily et Alejandro, manifestement très épris l'un de l'autre, attendaient avec impatience l'arrivée de leur premier enfant.

Emily ne cessait d'inviter Anna à leur rendre visite. Pour l'instant, ce n'était pas à l'ordre du jour.

Willow était justement en train de subir l'opération nécessitée par ses problèmes d'oreille. Même s'il ne s'agissait que d'une intervention en ambulatoire – Willow ne serait hospitalisée que quelques heures –, Anna était heureuse que sa mère l'ait accompagnée. Assises dans la salle d'attente, elles attendaient qu'on vienne leur donner des nouvelles, et Anna n'écoutait que d'une oreille distraite le bavardage de sa mère.

Mais elle n'était pas au bout de ses surprises !

Jean s'était lancée dans l'évocation du voyage qu'elle-même et le père d'Anna accomplissaient chaque année pour rendre visite à leurs cousins écossais, et Anna faillit choir de sa chaise en l'entendant dire :

— Pourquoi Willow ne nous accompagnerait-elle pas ? Quelques jours de vacances au grand air lui feraient du bien...

Ouvrant de grands yeux, Anna se tourna vers sa mère. Celle-ci réitéra son invitation, comme si sa fille n'avait pas bien compris.

La stupéfaction d'Anna fut à son comble quand elle entendit Jean suggérer :

— Tu pourrais en profiter pour aller voir Emily. Je sais qu'elle te manque... Enfin, songes-y...

Quelques semaines plus tard, ce fut une nouvelle fois Jean qui remit le sujet sur la table. Manifestement les parents d'Anna tenaient vraiment à emmener leur petite-fille en Écosse. Quant à cette dernière, elle mourait d'envie de les accompagner.

Lorsque Anna appela Emily pour avoir son accord, celle-ci s'exclama avec joie :

— Oh ! Seigneur, oui !

— J'arriverai le samedi, pour une semaine, expliqua Anna. Est-ce que ça conviendrait ?

— Et comment ! Alejandro s'absente souvent pour pouvoir rester quelque temps avec moi quand le bébé sera là.

— Comment ça se passe, avec ta belle-famille ?

— José va mieux. Maria continue à prendre tout le monde à

rebrousse-poil. Elle s'est réinstallée dans la maison de famille. Du coup Carmen est folle furieuse.

Ce fut seulement après avoir échangé des nouvelles de Willow qu'Anna se risqua enfin à quêter les seules informations qui l'intéressaient vraiment.

— Et comment ça se passe avec Sebastián ? s'enquit-elle. Vous vous entendez mieux, tous les deux ?

— Oh ! lui..., répondit Emily. Il est tout le temps sur son yacht. Je le vois à peine.

Pour ce qui était d'Anna, il lui suffisait de fermer les yeux... Son image demeurait gravée dans son esprit.

Au cours des semaines qui suivirent, elle se consacra à la préparation de son voyage en s'efforçant de ne pas trop écorner les économies qu'elle conservait en cas d'urgence. Elle s'autorisa seulement l'achat d'un bikini rouge et d'un paréo rouge et blanc, en solde au supermarché du village.

La mi-août finit par arriver, et Anna se retrouva en train de faire leurs bagages, à elle et à Willow. Dans la sienne, elle ajouta la petite courtepointe réalisée pour le bébé. La petite fille s'en étonna.

— Tu vas déjà offrir la couverture à Emily ? Le bébé n'est pas encore né.

— Je sais, mon cœur, mais j'ai envie qu'Emily l'ait pour la naissance et je ne la reverrai pas avant un long moment. Plus tard, nous retournerons en Espagne, toi et moi, pour faire la connaissance du bébé.

Tout excitée, Willow poussa un cri de joie, puis courut à la salle de bains pour chercher des barrettes qu'elle jugeait indispensables à ses vacances.

Pensive, Anna ajouta le bikini et le paréo dans sa valise. Soudain, la couleur lui en semblait affreusement criarde. Elle étouffa un petit rire en songeant à la façon dont Sebastián s'était moqué de la tenue de Mariana, le jour du mariage. La perspective de le revoir la rendait nerveuse, mais elle se rassurait en songeant qu'il serait certainement sur son bateau. Il y avait peu de risques qu'ils se croisent.

Curieusement, cette idée ne lui était d'aucun réconfort, bien au contraire.

— C'est quoi, ça ? demanda Willow qui venait de réapparaître à la porte de la chambre.

Elle brandissait comme un trophée une plaquette de pilules.

— Willow, tu sais très bien qu'il ne faut pas toucher aux médicaments ! la sermonna Anna.

Willow fronça les sourcils.

— Tu es malade ? s'enquit-elle.

Tout en faisant non de la tête, Anna songea que, si quelque chose n'allait pas chez elle, c'était clairement dans sa tête. Sinon, pourquoi aurait-elle récemment demandé à son médecin de lui prescrire un contraceptif ?

Le matin du départ, Anna déposa Willow au presbytère. Elle avait revêtu la jupe longue et les sandales plates qu'elle portait lors de son précédent vol vers l'Espagne. Mais elle avait assorti sa tenue d'un top sans manches et à col montant et de boucles d'oreilles en argent qu'Emily lui avait offertes pour son anniversaire.

— Tu n'es pas un peu trop habillée pour prendre l'avion ? objecta sa mère en la voyant.

Plutôt que répondre, Anna se contenta d'informer cette dernière qu'elle avait déjà donné à Willow son médicament contre le mal des transports.

— Maman aussi a des pilules pour ça, claironna Willow.

— Tu n'as jamais souffert de ce genre de choses, s'étonna son père.

— Seulement en avion, répondit Anna.

Afin de dissimuler son embarras, elle se laissa tomber à genoux pour embrasser sa fille.

— Amuse-toi bien, dit-elle en la serrant sur son cœur. Et sois sage avec Mamie et Papy.

— Ton taxi est là, annonça son père.

Après l'avoir gratifiée d'un maigre baiser sur la joue, sa mère ne put retenir une petite pique bien sentie :

— Prends garde à ne pas faire de mauvais choix, lui lança-t-elle tandis qu'Anna s'éloignait dans l'allée.

Anna sentit les muscles de son dos se crisper. Un instant, elle eut la tentation de faire volte-face pour déclarer qu'à vingt-six ans elle n'était plus une adolescente en route pour sa première soirée en discothèque. Elle n'avait pas besoin de pareils conseils !

Elle se contenta de faire au revoir de la main – c'était surtout à Willow qu'elle faisait signe, sachant que celle-ci ferait de même jusqu'à ce que le taxi tourne le coin de la rue.

Les mauvais choix n'avaient-ils pas, parfois, les plus merveilleuses conséquences ?

Quant à son autre récente décision, Anna ne parvenait pas à se la reprocher. Pendant le peu de temps qu'ils avaient passé ensemble, Sebastián lui avait fait découvrir que le sexe pouvait être quelque chose de formidable, à condition que ce soit avec la bonne personne.

À cette pensée, elle sortit le téléphone portable de son sac pour en effacer la citation chinoise. Elle ne tenait pas à ce que Sebastián la découvre par mégarde si jamais il posait les yeux sur l'écran – ce qui avait fort peu de chances d'arriver. Il aurait certainement jugé cela passablement pathétique.

Dans l'avion, Anna essaya de se concentrer sur une biographie qu'elle projetait de lire depuis longtemps. En vain ! Une nuée de papillons semblait avoir élu domicile dans sa poitrine, l'empêchant de fixer son attention. Ils l'accompagnèrent jusqu'à l'atterrissage à Séville.

Tout en se dirigeant vers le hall des arrivées, elle ne put s'empêcher de revivre le moment où elle y avait rencontré Sebastián.

Explorant des yeux les environs, en quête de son amie, Anna sursauta. Rêvait-elle ? Ça ne pouvait pas être lui...

Lui ! Sebastián !

Cette fois, il n'avait pas pris la peine de se raser, et ses cheveux étaient plus longs que dans son souvenir. Il était vêtu d'un pantalon noir et d'une chemise gris pâle en lin, assez chiffonnée.

Était-ce une coïncidence ? Attendait-il quelqu'un d'autre ? Mais non, voilà qu'il levait la main en la voyant.

L'affolement la gagna. Si Sebastián était venu à sa rencontre, au lieu d'Emily, était-ce à cause d'un problème ?

S'efforçant de se convaincre qu'une infinité de raisons pouvaient expliquer la présence de Sebastián, Anna se dirigea vers l'homme qui hantait ses rêves depuis des semaines.

— Salut ! lança-t-il lorsqu'elle s'approcha.

Il avait dû noter la façon dont elle fronçait les sourcils et comprendre son inquiétude, car il s'empressa de la rassurer.

— Ça va, fit-il. Tout va bien.

Ce n'était certainement pas le cas, se dit Anna quand il posa une main sur son bras. Car, étant donné la façon dont ils s'étaient quittés, il n'aurait pas pris la peine de venir l'attendre si son amie avait été en forme.

— Où est Emily ? demanda-t-elle, espérant contre toute raison que Sebastián aurait des nouvelles rassurantes à lui communiquer.

À son hésitation, elle comprit qu'il y avait un souci.

— À l'hôpital, répondit-il. Le bébé fait des siennes...

Anna déglutit, et Sebastián reprit :

— Elle a été hospitalisée alors que tu étais déjà dans l'avion, et Alejandro m'a demandé de venir te chercher.

Il n'avait toujours pas ôté la main qu'il posait sur son bras, ce qui fit supposer à Anna qu'il n'était pas au bout des mauvaises nouvelles. En effet, il poursuivit :

— Il vient de m'appeler pour dire qu'on la transfère à Marbella où l'hôpital dispose d'une unité de soins intensifs pour nouveau-nés.

— Pourquoi ? Ils pensent que le bébé va naître ? C'est beaucoup trop tôt !

Anna avait la gorge serrée.

— Je n'en sais pas plus, répondit Sebastián.

Il dut se rendre compte qu'il ne lui avait toujours pas lâché le bras, car il laissa retomber sa main brusquement et s'écarta d'un pas.

Pétrifiée, Anna ne savait quelle option choisir. La tête lui tournait. Devait-elle se précipiter à Marbella, au risque d'être envahissante ? Ferait-elle mieux de reprendre immédiatement un vol pour l'Angleterre ?

— Emily était avec moi quand j'ai eu Wi..., commença-t-elle.

Elle s'interrompit, se souvenant de la réaction de Sebastián lorsqu'il l'avait surprise en discussion avec sa fille. C'était encore une blessure cuisante. Il était hors de question qu'elle mentionne son enfant devant cet homme !

— Merci d'être venu à ma rencontre, dit-elle.

— Que comptes-tu faire ?

— Je ne sais pas. Il faut que je réfléchisse.

— J'imagine que je ne suis pas censé t'abandonner seule à l'aéroport, occupée à « réfléchir ».

Levant les yeux vers Sebastián, Anna se rendit compte qu'il ne la regardait pas en face. Manifestement, il aurait préféré être n'importe où, ailleurs qu'à l'aéroport de Séville.

— Je pars à Marbella en voiture, ajouta-t-il. Si ça te dit, je t'emmène. L'équipage de mon yacht va l'y mettre à quai. En attendant, j'ai demandé à mon assistante de nous trouver un lieu d'hébergement.

La première réaction d'Anna fut de faire non de la tête. Il était clair qu'elle n'avait pas les moyens de se payer une chambre dans le même hôtel qu'un Romero. Peut-être, cependant, trouverait-elle quelque chose de plus modeste une fois sur place. Ensuite, elle déciderait du moment adéquat pour changer son billet de retour en Angleterre. Pour l'instant, elle était incapable de régler pareils problèmes. Elle ne pouvait penser à rien d'autre qu'au fait que sa meilleure amie était sur le point de donner naissance à un grand prématuré.

— Je ne sais vraiment pas quoi faire, souffla-t-elle.

Sebastián prit la décision à sa place.

— Accompagne-moi, fit-il. Il sera toujours temps de changer ton billet d'avion une fois que nous en saurons davantage.

C'était la voix de la raison, aussi Anna se contenta-t-elle d'opiner de la tête. Au parking, elle n'eut aucune hésitation avant de se diriger vers la voiture gris métallisé. Elle lui était désormais familière.

— C'est loin, Marbella ? s'enquit-elle.

— Deux ou trois heures, répondit Sebastián. Ou plutôt deux heures et demie, si je ne perds pas trop de temps à bavarder.

Comment en serait-il été autrement après la façon dont ils s'étaient quittés ? songea Anna.

Ils demeurèrent silencieux pendant un long moment. Les pensées d'Anna se bousculaient dans son esprit. Quand Sebastián l'arracha à ses réflexions :

— Anna, tu ne crois pas que nous devrions parler de... ?

— Non ! l'interrompit-elle brutalement.

Il n'était pas question qu'ils reviennent sur cet affreux matin de leur séparation !

Le téléphone d'Anna se mit à vibrer, et elle se hâta de répondre en voyant que c'était Emily.

Sebastián écouta la partie de la conversation qui lui était audible, s'étonnant du calme enjoué que montrait Anna alors qu'il voyait son genou agité de tremblements nerveux.

— C'est bien, fit-elle. Il faut certainement attendre que le traitement fasse effet...

Elle marqua une pause, écoutant ce qu'Emily disait, et la rassura de son mieux.

— Ne t'inquiète pas. Je suis en voiture avec Sebastián.

À nouveau, un silence. Puis :

— Moi aussi, je t'embrasse très fort.

Une fois qu'elle eut raccroché, Anna informa Sebastián des nouvelles données par Emily.

— Ils essaient de retarder l'accouchement lui administrent un traitement pour les poumons du bébé, au cas où. Mais les choses semblent moins dramatiques que ce matin.

— D'accord, acquiesça Sebastián.

Ensuite, tournant brièvement la tête vers elle, il ajouta :

— Anna, je tenais juste à te dire que j'ai eu tort…

— Je ne *veux* pas que nous parlions du matin de mon départ, l'interrompit-elle d'un ton ferme.

— Quoi ? lança Sebastián en la regardant à nouveau. Tu crois que c'est de *ça* que je veux discuter ?

— Regarde la route !

— J'allais seulement dire que je me suis trompé au sujet d'Alejandro et Emily. Ils sont très heureux ensemble. Même un misanthrope dans mon genre arrive à s'en rendre compte.

Il nota le petit haussement d'épaules et la façon dont Anna rougissait.

À vrai dire, Sebastián venait de se sortir habilement d'une discussion dont il avait perçu qu'il valait mieux la remettre à plus tard. C'était effectivement à propos de son attitude lors du départ d'Anna qu'il entendait s'excuser. Mais cela ne pouvait se faire tant qu'il était au volant. D'ailleurs, il avait un peu de mal à savoir ce qu'il dirait, intrigué qu'il était lui-même par la violence de sa réaction ce matin-là.

Il retint un long soupir de frustration, juste au moment où son assistante l'appela pour l'informer de la réservation qu'elle venait de faire dans un hôtel de luxe.

— J'ai demandé qu'on vous trouve une chambre avec vue sur la mer, précisa-t-elle. Votre accompagnatrice souhaitera-t-elle la même chose ?

— Nous verrons cela sur place, répondit-il avant de raccrocher.

Tout en s'absorbant dans la contemplation du relief escarpé de la campagne andalouse, Anna se reprochait d'avoir supposé que Sebastián avait encore à l'esprit leur pénible séparation. Elle fut soulagée quand la vibration de son portable vint rompre le lourd silence. Cette fois, c'était un appel de Willow.

— Coucou, ma puce ! s'exclama-t-elle en s'efforçant d'adopter un ton joyeux. Alors, est-ce que l'Écosse te plaît ?

— Tu es avec Emily ? Je peux lui parler ?

— Pas pour l'instant, mon cœur. Nous sommes en voiture. Et toi, qu'est-ce que tu fais ?

Elle bavarda quelques instants avec sa fille, promettant d'envoyer des photos sans tarder, avant de lui dire au revoir.

— Nous y sommes presque, déclara Sebastián.

Après un dernier virage, le bleu étincelant de la Méditerranée apparut. Pendant quelques minutes, la voiture longea le bord de mer, et Anna admira les bateaux, les voitures de prix..., tout ce qui faisait le luxe éblouissant de l'endroit.

Lorsque Sebastián avait mentionné Marbella, Anna n'avait pas trop su à quoi s'attendre. Mais, quand elle aperçut un panneau indiquant Puerto Banús, son cœur se serra. Elle avait suffisamment vu de reportages sur la marina de luxe de la station balnéaire pour ne pas ignorer que le lieu dépassait largement ses moyens. Elle croisa les doigts pour que Sebastián les conduise loin de ce Triangle d'Or.

Tous ses espoirs furent douchés lorsqu'il ralentit et mit le clignotant. Ils franchirent un immense portail ouvrant sur le magnifique jardin qui entourait un hôtel à la façade ombragée par de hauts palmiers. Anna secoua la tête, avant d'affirmer :

— Il va falloir que je me trouve un endroit un peu plus...

Ou, plutôt, considérablement moins...

— Ne sois pas ridicule, objecta Sebastián. Personne ne te demandera de payer quoi que ce soit. Nous serons...

— Il est hors de question que je partage ta chambre !

— Telle n'était pas mon intention !

Eh bien, songea Anna, voilà qui la remettait à sa place !

— Nous sommes tout près de l'hôpital, ici, reprit Sebastián, et c'est le plus important.

— Je refuse de te laisser payer pour moi.

— Alors, je mettrai la note sur le compte de mon frère. Cependant, si tu préfères explorer la ville, en pleine chaleur, pour chercher un hôtel qui te convienne, libre à toi.

Anna était prête à quitter la voiture en se drapant dans sa dignité, lorsque plusieurs images se superposèrent dans son esprit : Emily épouvantée dans sa chambre d'hôpital, la vie du bébé en danger, Willow profitant de ses vacances avec ses grands-parents, et Sebastián qui était venu l'attendre à l'aéroport.

Alors, elle fit exactement le contraire de ce qu'elle aurait souhaité. Se rasseyant sur son siège, elle s'y adossa, et fondit en larmes.

Sebastián demeura à côté d'elle, sans rien tenter pour la réconforter – ce dont elle lui fut immensément reconnaissante. S'il avait posé à nouveau la main sur son bras – ou, pire, l'avait attirée contre lui –, Anna était certaine qu'elle se serait mise à hurler.

— Je n'ai même pas de mouchoir à t'offrir, finit-il par dire en la voyant fourrager dans son sac.

Sans qu'elle ne sache trop comment, il avait réussi à lui arracher un sourire. Anna n'avait plus d'autre option que de ravaler ses larmes, ainsi que sa fierté. Tapotant ses yeux mouillés avec le mouchoir qu'elle avait enfin trouvé, elle déclara :

— J'accepte de passer la nuit ici. Jusqu'à ce que nous en sachions un peu plus sur l'état d'Emily.

— C'est bien ! approuva Sebastián.

Il était en proie à des sentiments contradictoires. Habituellement, les larmes des femmes le laissaient de glace. Cependant, il avait conscience qu'Anna ne devait que rarement s'autoriser à pleurer. Aussi était-il crucifié de rester impassible à côté d'elle. Sauf qu'il avait clairement perçu la pointe d'irritation dans sa voix et ne doutait pas que toute tentative de lui offrir son réconfort serait reçue vertement.

— Pourquoi ne nous présenterions-nous pas à la réception ? suggéra-t-il. Autant nous débarrasser de ces formalités, ensuite nous pourrons vaquer à nos occupations, chacun de son côté...

— D'accord, consentit Anna. Bonne idée.

Grâce à l'air conditionné, il régnait une telle fraîcheur dans le hall de l'hôtel que la réceptionniste portait un élégant blazer. Avec son maquillage soigné, elle semblait sortir d'un magazine sur papier glacé.

— *Señor* Romero, dit-elle avec un grand sourire. *Bienvenido de vuelta !*

Le peu d'espagnol que maîtrisait Anna était cependant suffisant pour lui permettre de comprendre que Sebastián était un habitué du lieu. Néanmoins, ce que la femme ajouta lui demeura incompréhensible. Elle nota seulement que Sebastián y répondait par un très sec :

— *No !*

Il lui expliqua de quoi il en retournait tandis qu'ils passaient devant un panneau indiquant « *Habitaciones contiguas* ».

— La femme voulait savoir si nous souhaitions être logés dans des bungalows attenants.

— *Non !* s'exclama Anna, sur un ton aussi catégorique que celui qu'il avait employé à la réception.

Tout en avançant à l'ombre des palmiers, Sebastián lui indiqua qu'elle pouvait se faire servir tout ce qu'elle souhaitait dans son bungalow. Puis il ajouta, en pointant une allée du doigt :

— Néanmoins, la terrasse où sont servis les petits-déjeuners est un endroit fort agréable.

— D'accord...

— Voici la carte qui donne accès à ton pavillon. Le mien se trouve un peu plus loin. Je t'appellerai si j'ai des nouvelles d'Emily.

— Moi de même.

— J'ai toujours ton numéro de portable...

Sebastián s'interrompit et sembla réfléchir un instant, avant de reprendre :

— Je comptais t'envoyer un SMS pour te prier de m'excuser d'avoir réagi aussi stupidement, le matin où nous étions ensemble. D'ailleurs, tu ne te trompais pas, c'était de cela que je souhaitais t'entretenir dans la voiture. Mais j'ai réalisé qu'une route de montagne n'était pas le lieu le plus adéquat pour ce genre de discussion.

— Je n'ai pas l'intention d'avoir quelque discussion que ce soit avec toi ! Ni sur une route de montagne ni ailleurs.

Pivotant sur ses talons, Anna s'éloigna en se réjouissant de mettre un peu de distance entre elle et Sebastián. Sa simple présence mettait tous ses sens en alerte. Le soulagement de se retrouver seule tempéra en partie le malaise qu'elle ressentit en découvrant le luxe de son bungalow.

Ce n'était pas une suite, plutôt une sorte de petite villa, absolument sublime, aux parquets de bois clair et aux meubles blancs. Elle disposait d'une terrasse individuelle, et la salle de bains était équipée d'une douche et d'une baignoire aux proportions hallucinantes. Mais le plus attirant était l'immense lit surbaissé, tendu de draps de lin immaculé, et Anna eut la tentation de s'y jeter séance tenante.

Cependant, elle prit le temps d'envoyer un message à Emily pour l'informer de son arrivée à Marbella. Son SMS demeurant sans réponse, Anna préféra penser que son amie dormait profondément.

Après une douche rapide, elle s'enveloppa d'un épais peignoir et fit descendre les volets roulants, afin de se protéger de la lumière encore vive, puis s'allongea dans une totale obscurité. Cependant, Anna avait beau fermer les yeux, elle continuait à voir Sebastián. Et elle entendait encore les excuses embarrassées qu'il lui avait présentées, ainsi que l'âpreté de sa propre réponse.

Allongée dans le noir, Anna s'efforça de maîtriser le tumulte de sentiments qui l'assaillait. Si elle était encore furieuse en pensant à la façon dont ils s'étaient encore une fois séparés, elle s'en voulait aussi terriblement d'être à un tel point attirée par cet homme.

« Je n'ai même pas de mouchoir à t'offrir. »

Comment réussissait-il encore à la faire sourire ?

4

Anna fut tirée d'un sommeil agité par un coup frappé à la porte. Désorientée, ne sachant plus ni l'heure ni le jour, elle demeura pétrifiée.

Un nouveau coup retentit. Finissant par se lever, elle enfila le peignoir de bain abandonné au pied du lit pour aller ouvrir.

Était-ce le petit déjeuner ? Elle comprit que c'était le soir en découvrant Sebastián, rasé de près et sur son trente et un.

Anna se préparait à protester qu'il aurait pu tout aussi bien lui envoyer un SMS, mais il ne lui en laissa pas le temps.

— C'est une fille, déclara-t-il.

— Seigneur !

— Apparemment, elle va bien. Enfin, c'est ce que m'a dit Alejandro. Je peux entrer ?

Étant donné les circonstances, Anna ne se voyait pas refuser. Sebastián s'installa sur le canapé, et elle prit une chaise. Il avait l'air un peu sous le choc, quoique maître de lui, et il lui fit part des informations dont il disposait :

— Emily est très fatiguée, mais son état de santé ne procure aucune inquiétude. On lui a donné des tranquillisants. Le bébé a été placé sous respirateur.

— Pauvre puce ! Combien pèse-t-elle ?

— Aucune idée.

— Tu n'as pas demandé ?

— Non. Je me suis davantage soucié de rassurer mon frère que de poser des questions.

Sebastián avait répondu à son interrogation plutôt sèche avec calme, et Anna ferma les yeux un bref instant, sous l'effet de la réprimande implicite et méritée. C'était à son tour de s'excuser :

— Désolée !

Sebastián haussa les épaules.

— Pas de problème, fit-il.

— Tu as appelé tes parents ?

Il opina de la tête.

— Oui. J'ai eu droit au psychodrame habituel. Ils étaient prêts à sauter dans un avion. Je leur ai conseillé d'attendre un peu. J'imagine que, pour l'instant, Alejandro et Emily ont surtout besoin de se retrouver en tête à tête.

— C'est sûr.

— Alejandro voulait avoir de tes nouvelles, et je lui ai dit de ne pas s'inquiéter… Que j'allais t'emmener dîner.

— Je n'ai aucune envie de sortir !

Certainement pas avec un Sebastián au sommet de sa séduction, songea Anna. Il affichait une élégance parfaite. La chemise froissée avait disparu, remplacée par une autre, absolument impeccable, dont le lin blanc illuminait sa beauté ténébreuse. Un pantalon de couleur sombre et des mocassins en daim complétaient sa tenue.

— Tu n'as rien mangé depuis l'avion, protesta Sebastián. En plus, j'ai dit à Alejandro que nous porterions un toast à la santé du bébé, et que nous prendrions des photos pour les envoyer à Emily. Elle a bien besoin qu'on lui remonte le moral, non ?

— C'est du chantage !

— Je sais. Mais il se trouve que je meurs de faim. Et cette petite fille mérite bien qu'on célèbre son arrivée. Mon père a supplié Alejandro de faire venir un prêtre, alors un message de réjouissance ne sera pas inutile.

— Je vois…

Dans sa valise, Anna choisit la robe de cotonnade rouge foncé, à la coupe ample, qu'elle avait imaginé porter pour une soirée avec Emily. Sa simplicité n'était peut-être pas à la hauteur de l'élégance de Sebastián, mais il faudrait qu'il s'en contente. Se jugeant un peu trop pâle, elle mit du rouge à lèvres, et un peu de blush sur ses pommettes.

Revenant dans le salon, elle annonça qu'il lui fallait appeler Willow.

— Bien sûr, acquiesça Sebastián. Veux-tu que j'attende dehors ?

Anna le fusilla du regard.

— C'est ma fille, pas mon amoureux ! s'insurgea-t-elle.

La conversation fut de courte durée, et sa mère prit le téléphone après qu'Anna et Willow se furent souhaité bonne nuit. Lorsque Jean lui demanda comment les choses se passaient en Espagne, Anna préféra éluder.

— Tout va bien, fit-elle. Et je vois que vous vous amusez, tous les trois, en Écosse.

Lorsqu'elle rangea son téléphone, Sebastián se dispensa de lui demander pourquoi elle n'avait rien révélé à sa mère des événements de la journée.

Anna ne doutait pas que, dans d'autres circonstances, elle aurait adoré l'endroit où Sebastián la conduisit pour dîner. Le superbe restaurant du port semblait être le repaire de tous les « beautiful people » de la côte. De nombreuses têtes se tournèrent à l'entrée de Sebastián. L'hôte l'accueillit avec un grand sourire, en l'appelant par son prénom et les conduisit à l'étage, jusqu'à une table dominant les somptueux yachts amarrés aux quais.

Le sommelier eut un hochement de tête entendu quand Sebastián commanda du champagne.

— Tu es un habitué, à ce que je vois, observa Anna.

— J'y viens de temps en temps, en effet.

Si Sebastián cadrait parfaitement avec l'atmosphère du lieu, Anna ne s'était jamais sentie aussi peu à sa place. Pendant qu'on leur versait le champagne, elle parcourut la carte en regrettant qu'aucun prix ne soit mentionné et que la description des plats ne soit pas traduite en anglais.

— Le ciel est d'une couleur qui ne pourrait pas mieux convenir à la naissance d'une petite fille ! s'extasia Sebastián.

En effet, le couchant peignait l'horizon de rose et lilas.

Pourquoi fallait-il qu'il se montre aussi charmant ? se désola Anna en son for intérieur.

Prenant leurs deux flûtes, il les posa sur la rambarde de la terrasse et les prit en photo sur fond de ciel embrasé. Puis il envoya le cliché à son frère.

Après avoir rendu son verre à Anna, il leva son verre près du sien en disant :

— À la santé du bébé !

— À sa santé ! répéta-t-elle en trinquant. Et... félicitations, oncle Sebastián !

— Merci. Félicitations à toi aussi..., tante Anna !

— Merci.

Prenant une gorgée de champagne, Anna songea que l'avenir les verrait certainement se rencontrer lors de réunions familiales. Aussi valait-il mieux qu'elle s'habitue à bavarder civilement avec Sebastián.

— Je suis heureuse de m'être décidée à rester, dit-elle.

— Emily et toi êtes très proches, d'après ce que j'ai compris.

— Oui, nous nous connaissons depuis l'enfance. Nos parents étaient amis. Ceux d'Emily sont morts à peu près au moment où je me suis brouillée avec les miens.

— Ah bon ! Que s'est-il passé ?

Anna secoua la tête, regrettant d'avoir lâché cette information.

— Je préfère ne pas en parler, répondit-elle. C'est personnel.

— Comme tu voudras, rétorqua Sebastián en haussant les épaules. Es-tu prête à commander ?

À nouveau Anna se plongea dans le menu, ne sachant pas davantage ce qu'elle allait bien pouvoir choisir.

— Ils ont des moules excellentes, suggéra Sebastián comprenant manifestement son embarras.

— Alors, va pour les moules, déclara Anna.

Ce conseil s'avéra des plus judicieux, et elle se régala de la préparation, dans une onctueuse sauce à la crème. Lorsqu'elle eut terminé, elle se risqua à demander une faveur à Sebastián :

— Est-ce que tu peux me prendre en photo ? Pour ma fille.

Il lui prit le téléphone des mains, et elle se réjouit d'avoir eu la présence d'esprit d'effacer la citation en fond d'écran.

— Souris, lui intima-t-il. Et mets-y un peu de conviction. Pas comme si c'était juste pour moi !

Anna ne put se retenir d'éclater de rire, et il en profita pour appuyer sur le déclencheur.

— Voilà, c'est parfait, dit-il en lui rendant le portable.

Elle était occupée à envoyer la photo à Willow, quand le téléphone de Sebastián vibra.

— C'est Alejandro, fit-il. Il s'assure que je prends correctement soin de toi.

— C'est le cas, répliqua Anna.

Le moment était peut-être enfin venu d'une question qui la taraudait, résolut-elle.

— Est-ce que tu lui as dit ? À ton frère...

— Dit quoi ?

— Pour nous deux. Notre nuit ensemble...

Il partit d'un grand rire.

— Anna ! s'exclama-t-il. J'ai trente-cinq ans. Je ne tiens pas mon frère au courant des péripéties de ma vie privée. Et je suis certain qu'il se soucie comme d'une guigne d'apprendre avec qui j'ai couché le soir de son mariage.

— D'accord, lâcha Anna. C'est juste pour savoir si Emily est informée.

— Tu peux être sûre que je ne dirai jamais rien. Et puis... ce n'était qu'une banale relation d'un soir entre adultes civilisés. Rien de dramatique, non ?

Hochant la tête pour faire mine d'approuver, Anna songea que cela lui avait paru bien davantage. Pour se donner une contenance, elle entreprit de pêcher une ou deux moules restées dans la sauce. Sebastián l'interrompit en la questionnant à son tour :

— Pourquoi n'as-tu pas dit à ta mère que le bébé est né ?

— On ne t'a pas appris que c'est impoli d'écouter aux portes ? Je n'ai rien dit parce que je préfère attendre d'en savoir un peu plus. Je n'ai pas envie d'inquiéter Willow.

— Quel âge a-t-elle ?

Le souvenir de la remarque de Sebastián, lorsqu'il l'avait surprise au téléphone avec sa fille, plongeait encore Anna dans un sentiment de colère difficilement surmontable. Posant son verre d'un geste brusque, elle le fusilla du regard.

— Au nom de quoi t'es-tu permis de me juger ? lâcha-t-elle.

Les beaux yeux de jais ne cillèrent pas. Elle s'attendit à une réponse cinglante. À sa grande surprise, tel ne fut pas le cas.

— Anna, je te demande pardon, dit-il. Je regrette les paroles que j'ai prononcées ce jour-là. Comme je regrette la stupidité de ma réaction.

Sebastián hocha la tête comme pour appuyer ce qu'il venait de dire.

— Oh ! je t'en prie..., siffla Anna entre ses dents serrées.

Se dispensant de toute forme de civilité – il était clair que ce ne serait pas elle qui réglerait la note –, elle attrapa son sac et se leva.

— Anna, assieds-toi, s'il te plaît, dit-il calmement.

— Pas question !

Curieusement les excuses manifestement sincères de Sebastián n'avaient en rien calmé la fureur d'Anna. Bien au contraire. C'était comme si cela n'avait servi qu'à l'exacerber.

Approchant sa tête de lui, elle exprima à mi-voix à quel point il l'avait blessée :

— C'était la première fois que je quittais ma fille depuis sa naissance. Et je ne t'avais pas parlé d'elle parce que cela ne te regardait en rien. En plus, j'étais certaine qu'un homme tel que toi n'aurait que faire de mes problèmes de garde d'enfant.

— Anna, assieds-toi ! redit Sebastián.

Presque malgré elle, Anna fit ce qu'il demandait et s'installa à la table. Le fusillant du regard, elle reprit :

— Tu m'as fait terriblement mal, ce matin-là. Je me sentais déjà suffisamment coupable d'avoir laissé Willow en Angleterre. Et tu n'as aucunement le droit de me juger.

— Quel âge a-t-elle ?

Cette fois, Anna répondit :

— Quatre ans..., presque cinq.

Prenant une gorgée de champagne, elle se sentit un peu rassérénée d'avoir lâché ce qu'elle avait sur le cœur – enfin, presque tout.

— Je suis persuadée, enchaîna-t-elle, que tu n'aurais rien trouvé à redire si c'était un père qui avait abandonné son enfant pour un week-end.

— Tu te trompes, souffla Sebastián.

Anna émit un petit grognement sarcastique, entre ses lèvres pincées, montrant à Sebastián qu'elle était encore bouleversée. Il n'avait nullement l'habitude de se justifier, mais il semblait bien que cela était nécessaire, pour une fois.

— Lorsque je t'ai entendue dire « je t'aime... », au téléphone, il y avait une telle sincérité dans ta voix que je confesse avoir été un peu jaloux, commença-t-il en s'étonnant lui-même de cet aveu. Puis, tu m'as dit qu'il s'agissait de ta fille, et cela m'a mis en colère...

— Tu as eu peur que la meilleure amie d'Emily soit du genre intéressée, elle aussi ? Que je me sois mis en tête de trouver un père fortuné à ma fille ? Comme...

— Anna ! s'exclama Sebastián. Vas-tu me laisser expliquer ou pas ? Crois-moi, je préférerais m'en dispenser.

Elle opina d'un bref signe de tête, et Sebastián prit une gorgée de champagne pour trouver le courage de poursuivre – exceptionnellement, c'était lui qui était mal à l'aise.

— Ce n'était pas d'apprendre que tu avais une enfant qui me

contrariait, dit-il. C'était de savoir que tu l'avais laissée quelque part. Lorsque Maria a quitté la maison, j'avais à peu près dix ans, Alejandro en avait cinq, et Carmen même pas un.

Sebastián marqua une pause, espérant qu'Anna l'interrompe et lui permette de tracer un trait sur ce passé douloureux. Mais les beaux yeux verts le fixaient avec, désormais, davantage de curiosité que de colère.

— Même avant cela, enchaîna-t-il, il n'était pas rare qu'elle s'absente pour des tournées… Ou peut-être pour retrouver un amant, ce dont je n'avais pas conscience à l'époque…

Ce que Sebastián était en train de raconter, il ne l'avait jamais évoqué avec les membres de sa famille. Mais les longues périodes qu'il venait de passer, seul sur son yacht, lui avaient permis de réfléchir sur ces événements.

— Je me rappelle une fois où Carmen, encore bébé, était tombée malade, recommença-t-il. Rien de grave, mais la nurse était suffisamment inquiète pour appeler le médecin. Pendant sa visite, j'étais dans le salon et je regardais ma mère parader à la télévision. Elle se moquait éperdument de ce qu'il pouvait arriver à ses enfants…

— Loin des yeux, loin du cœur, c'est ça ?

Anna avait repris les termes exacts qu'il lui avait lancés, ce satané matin. Cependant, il n'y avait plus trace de ressentiment dans sa voix. Sebastián approuva de la tête.

— Oui, fit-il. J'admets que j'ai eu une réaction excessive. Ce n'est pourtant pas dans mes habitudes.

Ce qui était peu dire !

Dans le domaine relationnel, il était plutôt du style à montrer une froideur marmoréenne. C'était seulement en affaires que Sebastián faisait preuve de passion. Pourtant, ce matin-là, il avait mis un terme à l'éphémère relation ébauchée avec Anna de la manière la plus brutale qui soit. Il avait même agi avec une férocité stupéfiante.

Ce qui ne lui ressemblait guère…

— Je n'aurais jamais dû proférer de telles paroles, conclut-il.

Mais j'étais peut-être ébranlé par le fait d'avoir surpris ton « je t'aime », et ...

— Je comprends.

Anna ne doutait pas que Sebastián ait eu le plus grand mal à livrer pareille confession.

— Acceptes-tu de me pardonner ? questionna-t-il.

— Bien sûr, répondit-elle.

Curieusement, toute sa colère et son ressentiment des mois passés s'étaient évaporés.

— Je te remercie, ajouta-t-elle.

— Non, c'est moi qui te remercie.

Manifestement, les aveux que Sebastián venait de faire le laissaient mal à l'aise, et il baissa les yeux vers leurs assiettes vides.

— Je vais demander l'addition, dit-il.

Soudain, il sembla se souvenir de ce qu'exigeait la courtoisie, car il ajouta :

— À moins que tu ne désires un dessert ?

Anna fit non de la tête. Néanmoins, même si elle se sentait incapable d'avaler une bouchée supplémentaire, elle n'avait pas envie de voir la soirée se terminer. Elle avait encore tant de choses à découvrir sur Sebastián...

— Je prendrais bien un café, dit-elle.

Il commanda un café pour elle et, pour lui, un verre de xérès de la production familiale. Voyant la bouteille, Anna observa :

— Emily m'a expliqué que Maria est la danseuse qui figure sur les étiquettes.

— Pour l'instant, répondit Sebastián, l'air sombre.

— Et tes parents revivent ensemble ?

Il acquiesça.

— Oui. Elle a réussi à revenir en grâce depuis que mon père est malade. Le mariage était leur première sortie publique pour afficher leur réconciliation.

— Et comment ça se passe depuis que ta mère est revenue ?

— Nous avons pour habitude de l'appeler Maria.

— Alors, comment les choses se passent-elles avec Maria ?

— Si je m'écoutais, je n'aurais aucun contact avec elle. Mais pour l'instant, par égard pour mon père, je m'efforce d'être courtois.

— Pour l'instant ?

— Je couperai les ponts une fois qu'il ne sera plus là. Et je ferai disparaître toute trace de Maria dans la communication de l'entreprise.

Il y avait une telle froideur dans la voix de Sebastián, qu'Anna se rappela – si besoin était – que cet homme n'était pas du genre à avoir des scrupules lorsqu'il avait décidé de s'affranchir de ses liens.

— Et qu'en est-il de ton frère et de ta sœur ? s'enquit-elle. Partagent-ils tes sentiments ?

Pendant quelques secondes, Sebastián réfléchit à sa réponse.

— Pas tout à fait, répondit-il. Alejandro voit les deux côtés de la médaille. Quant à Carmen, elle déteste Maria et ne prend pas la peine de s'en cacher. Ce dont je ne peux pas la blâmer.

Un instant, il fit tourner la boisson dans son verre, puis planta son regard dans celui d'Anna.

— Je me fais du souci pour Carmen, dit-il.

— Pour quelle raison ?

Haussant les épaules, il parut regretter de s'être, une nouvelle fois, dévoilé plus que de raison, et se garda de développer.

— Profite bien de la tranquillité du moment, reprit-il en changeant de sujet. Nous ne tarderons pas à voir débarquer tout ce petit monde !

Ils regagnèrent leur hôtel en flânant. Le ciel était maintenant d'un bleu foncé, à peine éclairé par une bande turquoise à l'horizon. Puerto Banús n'était pas près de s'endormir, et quantité de promeneurs se pressaient dans les rues aux accents étouffés de diverses musiques. À un moment, Sebastián attrapa Anna par le bras pour l'écarter d'une voiture de sport qui enfila une étroite ruelle dans un crissement de pneus.

Ce contact la déstabilisa. L'amertume qui l'avait si longtemps taraudée semblait s'être totalement dissipée.

— Je te remercie pour ce dîner, dit-elle alors qu'ils arrivaient à son bungalow.

— Tout le plaisir a été pour moi.

— Envoie-moi un SMS si tu as d'autres nouvelles.

— Bien sûr. Et, Anna... ?

— Oui ?

Un instant, Sebastián parut hésiter. Puis il secoua la tête, pinçant les lèvres. Néanmoins, même son silence en disait davantage que ce qu'il se refusait à formuler.

Anna sentit toutes ses résolutions faiblir. Qu'était-ce donc, chez cet homme, qui la poussait à oublier toute prudence ?

Le vent qui agitait les branches des palmiers fit voleter une mèche devant son visage. Elle l'écarta de la main, plantant son regard dans celui de Sebastián.

— C'est exactement ce que j'allais faire, dit-il.

Anna aurait tant voulu qu'il cède à cette envie. Qu'il repousse cette mèche derrière son oreille, avant de lui donner le baiser qu'elle sentait en suspens dans les airs. Mais il n'en fit rien... Ce fut Sebastián qui rompit le silence.

— Mais je suis conscient que cela n'aurait fait que gâcher mes excuses, lâcha-t-il.

Malgré tout, il y avait une invite implicite dans cette phrase, et Anna ne put l'ignorer. En définitive, il lui donnait le choix de décider s'ils devaient reprendre les choses là où elles s'étaient arrêtées après le mariage.

Cependant elle était incapable de franchir ce pas.

— Bonne nuit, Sebastián, souffla-t-elle.

— Dors bien, Anna.

Une fois dans son pavillon, Anna s'adossa à la porte fermée, luttant contre le désir de revenir sur sa décision.

Puis, elle se rappela ce que Sebastián avait dit :

« Ce n'était rien d'autre qu'une banale relation d'un soir entre adultes civilisés. »

Mais, pour Anna, les choses n'étaient pas aussi simples. Les sentiments qu'elle éprouvait pour Sebastián Romero n'avaient rien de banal.

5

Après avoir lutté un moment contre la tentation d'échapper au petit déjeuner, Anna se résolut à affronter Sebastián.

Ayant revêtu un short et un corsage de toile légère, elle enfila des sandales plates et prit le chemin du restaurant de l'hôtel, à travers les magnifiques jardins.

— *Señorita...*

Un serveur l'accueillit chaleureusement, puis la conduisit jusqu'à une table en terrasse, surplombant la magnifique étendue azuréenne. Anna commanda du café et choisit des fruits et un yaourt au buffet richement garni.

Elle commençait à peine à se détendre lorsqu'elle vit le garçon revenir vers sa table avec une mine confuse.

— *Señorita,* je vous prie de me pardonner, mais un groupe de nos clients souhaiterait disposer de la terrasse pour eux seuls.

Effectivement, constata Anna, deux couples venaient d'arriver. Sans bien comprendre pourquoi ils ne s'installaient pas aux nombreuses tables encore libres, elle préféra ne pas faire d'histoires et se leva.

Ce fut à cet instant que Sebastián fit son apparition, pas rasé, les yeux injectés de sang – même avec cette apparence négligée, il demeurait le plus bel homme qu'Anna n'eût jamais contemplé.

— Que se passe-t-il ? grommela-t-il.

— Ce sont ces gens, répondit Anna en désignant les nouveaux venus du menton. Il semble qu'ils aient demandé que la terrasse leur soit entièrement réservée.

— *Perdóneme ?* lança Sebastián.

Sous son regard d'acier, le malheureux serveur se lança dans des explications dont Anna comprit qu'elles étaient embarrassées, bien qu'elle n'en saisît pas la teneur exacte.

Sebastián eut la courtoisie d'avoir recours à l'anglais pour y répondre :

— Je me moque éperdument qu'ils tiennent ou pas à leur intimité. Si c'est le cas, ils n'auront qu'à attendre, ou à déjeuner dans leurs chambres.

Se tournant vers Anna, il lui intima :

— Assieds-toi.

— Ce n'est vraiment pas un problème, objecta-t-elle. Je peux tout à fait changer de place...

— Pas moi ! J'aime avoir la vue sur la mer.

Ils s'installèrent à la table qu'Anna s'apprêtait à quitter, et Sebastián commanda du café très fort. Le voyant bâiller, elle se demanda s'il avait directement regagné son bungalow après lui avoir souhaité bonne nuit.

— J'allais envoyer un SMS à Emily, dit-elle, mais j'avais peur qu'il soit un peu trop tôt.

— C'est inutile, répliqua Sebastián. Je viens de déjeuner avec Alejandro. Le bébé va bien. Quant à Emily, elle est encore... ébranlée.

— Ça peut se comprendre.

— Je ne critique pas. Je ne fais que te rendre compte de ce que m'a dit mon frère...

Il soutint le regard d'Anna, et esquissa un petit sourire.

— Ah, reprit-il, elle a demandé si tu pouvais lui apporter tout un tas de choses dont elle a donné la liste.

Il en transféra la copie de son téléphone à celui d'Anna, et elle y jeta un coup d'œil.

— Du brillant à lèvres ? s'étonna-t-elle. Ce ne serait pas plutôt du baume ?

— Je ne suis pas sûr de faire la différence, répliqua Sebastián en laissant son regard s'attarder sur la bouche d'Anna.

Cet homme était capable de flirter dans n'importe quelle situation ! songea-t-elle.

— Tu as raison, c'est peut-être un genre de baume adoucissant, reprit-il.

Il n'y avait rien d'apaisant, en tout cas, dans le regard qui était revenue se vriller à celui d'Anna. Aussi détourna-t-elle les yeux, préférant s'absorber dans la lecture de la liste – laquelle était passablement longue, vu qu'Emily avait quitté Jerez à l'improviste, et trois mois avant terme.

— Une fois que tu auras acheté tout ça, je te conduirai à l'hôpital, ajouta Sebastián.

— Je peux prendre un taxi.

— C'est comme tu veux. Je pensais te faire profiter de ma voiture tant que je suis encore là. Il va bien falloir que je rentre à Jerez pour le travail, puisque mon frère est en congé de paternité.

— Je croyais que tu faisais venir ton yacht ici, non ?

— Oui, mais c'était avant de savoir que le bébé allait naître. Je vais dire à Alejandro qu'il peut s'en servir. Mon équipage prendra soin de lui. Ils font presque partie de la famille. D'ailleurs, ils prévoient une petite fête pour la naissance de ma nièce.

Anna hocha la tête. Tout cela appartenait à un monde qui lui était totalement étranger.

— Je me sens davantage chez moi sur le bateau que dans mon appartement de Jerez, enchaîna Sebastián. C'est là que j'aime réunir mes amis. Et mes proches, même s'ils sont un peu… compliqués.

— J'aurais tellement aimé avoir une famille nombreuse, soupira Anna. Et je voudrais donner des frères et sœurs à Willow.

— Tu souhaites avoir d'autres enfants ?

À la mimique ébahie de Sebastián, Anna ne put se retenir de rire.

— Pourquoi ? dit-elle. Tu n'en veux pas ?

Il secoua la tête, leva au ciel ses magnifiques prunelles de jais, et rétorqua :

— Surtout pas ! Au grand désespoir de mon père. J'ai une vie formidable, et je n'ai aucune envie de me la compliquer.

— Tu n'as pas peur de le regretter, quand tu seras vieux ?

La gratifiant d'un sourire en coin, Sebastián lui lança :

— Ne t'inquiète pas pour moi. Je suis suffisamment riche pour ne jamais souffrir de solitude.

Puis, après avoir avalé ce qu'il restait dans sa tasse, il conclut :

— Puisque tu n'as plus besoin de moi, je ferais peut-être mieux d'y aller.

— Tu as vraiment l'intention de retourner à Jerez dès aujourd'hui ? Ce n'est peut-être pas très prudent. J'ai l'impression que tu n'as pas beaucoup dormi.

— Anna..., souffla-t-il, grâce à toi nous étions tous les deux au lit, avant minuit ! Chacun de son côté...

Se sentant rougir jusqu'aux cheveux, Anna songea qu'elle aurait mieux fait de tourner sa langue sept fois dans sa bouche. Néanmoins, elle était soulagée que Sebastián soit *effectivement* allé se coucher lorsqu'ils s'étaient quittés.

À dire vrai, elle essayait de faire durer leur conversation. C'était tellement agréable de passer du temps avec lui. Même si les bavardages des autres convives étaient un peu trop bruyants à son goût.

Juste à cet instant, l'une des femmes était en train de se plaindre que le soleil tapait trop fort.

— J'imagine qu'elle trouve la mer trop bleue, marmonna Sebastián.

Puis, se tournant vers Anna, il lâcha :

— J'ai été fiancé à ce genre de femme, autrefois.

C'était vraiment une confidence inattendue, et elle se demanda si le petit frisson qu'elle lui avait vu était dû au fait qu'il s'étonnait lui-même de l'avoir proférée. À moins qu'il n'eût cherché à dissiper le souvenir de ladite fiancée...

— J'imagine que ça a dû être douloureux, risqua Anna, quand vous avez rompu.

— Assez, oui.

— Tu l'aimais ?

— Non. Il n'y a jamais eu d'amour entre nous. Ni de mon côté ni du sien. Quoi que tu aies pu lire dans les journaux.

Anna rougit jusqu'aux oreilles.

— Ce n'est pas mon style de fouiner, protesta-t-elle. J'ai juste...

Avec un petit haussement d'épaules, Sebastián esquissa une moue semblant destinée à la dédouaner.

— Ce n'est pas grave, fit-il. Moi-même j'ai fait quelques recherches à ton sujet après notre...

— Et qu'est-ce que tu as trouvé ?

— Pas grand-chose. Surtout des articles concernant tes parents dans le bulletin d'information de la paroisse. Et une photo où on les voit encadrant fièrement une petite fille déguisée en licorne.

Anna éclata de rire.

— Ah, ça, c'était l'année dernière, commenta-t-elle. Maintenant elle ne se déguise qu'en danseuse de flamenco. Emily lui a envoyé cette affreuse robe à volants...

Elle s'interrompit. Ne risquait-elle pas de le vexer en critiquant son héritage culturel ? Essayant de se rattraper, Anna expliqua :

— Je suis certaine qu'on en trouve de magnifiques. Mais celle-là est d'un vert criard et parsemée de gros pois noirs...

Sebastián ne l'écoutait plus, constata-t-elle, concentré qu'il était sur l'écran de son portable. Comment lui en aurait-elle voulu ? Les toquades d'une petite fille de quatre ans devaient le laisser de marbre.

Quand bien même il n'avait pu s'interdire une petite pique sur le fait qu'Anna avait fait ce qu'il fallait pour que chacun d'eux regagne son propre lit, Sebastián était assez soulagé qu'ils n'aient pas passé la nuit ensemble. Cette femme commençait à prendre un peu trop de place dans sa vie.

— Si tu le souhaites, je peux attendre et te conduire à l'hôpital avant de partir, proposa-t-il une nouvelle fois.

— D'accord, si cela ne te dérange pas trop, répondit Anna.

Prenant acte de cet assentiment d'un signe de tête, Sebastián se prépara à quitter la table, mais se ravisa.

— Sache que tu es bien davantage qu'une source de dérangement, Anna Douglas, lâcha-t-il.

Dans la phrase de Sebastián devait-elle voir un affront ? s'interrogea Anna. Ou une critique ?

Telle serait probablement l'interprétation de quiconque l'entendrait raconter l'épisode. Toute personne qui n'aurait pas eu connaissance du regard que lui avaient lancé les beaux yeux noirs, injectés de sang. Ou qui n'aurait pas senti flotter, autour de la table du petit déjeuner, les derniers effluves de l'eau de toilette que Sebastián avait portée la veille, pour l'emmener dîner dehors.

De plus, le terme « dérangement » n'était-il pas celui qui convenait le mieux à l'étrange attirance existant entre eux ? Une attirance tellement intense, tellement palpable, qu'Anna en était retournée.

Se remémorant la façon dont il l'avait invitée à demi-mot à le suivre, la nuit précédente, elle décida de se refuser absolument à n'être qu'une passade pour le play-boy confirmé qu'il était. Ne lui avait-il pas clairement signifié qu'il n'aurait pas le moindre mal à tourner la page ?

Une nuit avait été une délicieuse bizarrerie.

Deux, cela risquerait de lui briser le...

— Je pourrais en dire autant à ton sujet, rétorqua Anna, soutenant le regard de cet homme pour lequel elle aurait préféré ne pas éprouver un désir aussi intense.

Sur ces mots, il se leva et s'éloigna. Sans le moindre commentaire.

Restée seule à la table, Anna fut envahie par un sentiment de malaise. Malgré tout, elle s'obligea à aller au buffet choisir l'une des appétissantes pâtisseries.

— On a moins d'assurance sans la présence de son patron, pas vrai ?

Faisant volte-face, Anna vit que la personne qui l'interpellait aussi cavalièrement était l'une des femmes du groupe auquel Sebastián avait opposé un refus catégorique de leur abandonner la terrasse.

Manifestement, celle-ci se croyait en face de l'une des employées de la maison Romero. Et elle n'était pas au bout de ses remarques désobligeantes. Toisant Anna de la tête aux pieds, elle ajouta :

— Je croyais pourtant que l'image de marque des Romero reposait sur la notion d'élégance.

D'une certaine façon, songea Anna, la femme avait touché juste, et elle n'osa pas répliquer : l'absence de Sebastián la privait effectivement de toute hardiesse.

Une fois retournée à sa table, elle fit semblant de se servir de son téléphone, pour se donner une contenance. Mais elle continua à sentir un regard glacial entre ses omoplates.

Sebastián conduisit Anna à l'hôpital, mais refusa son invitation à l'accompagner rendre visite à Emily.

— Alejandro m'a dit qu'il resterait avec le bébé pour que vous soyez tranquilles toutes les deux, déclara-t-il.

Un instant, il la dévisagea, avant de poursuivre :

— Que comptes-tu faire du reste de la journée ?

— Je ne sais pas trop. J'irai peut-être à la plage... pour être un peu bronzée à mon retour en Angleterre...

— D'accord, mais fais attention à ne pas prendre de coups de soleil. Et puis... as-tu besoin d'argent ?

Sebastián avait posé cette question avec un certain embarras, et il ne fut pas étonné de l'indignation d'Anna.

— Non ! s'exclama-t-elle avec virulence.

— Tout est très cher ici, expliqua-t-il. Tu ferais mieux de déjeuner à l'hôtel et de mettre tes dépenses sur mon compte.

La voyant fermer les yeux, il ajouta :

— Bien sûr, tu n'en as pas l'intention, c'est cela ?

— J'irai m'acheter un casse-croûte en ville.

— *Dios !*

Sebastián n'avait pu se retenir d'éclater de rire. Mais il vit l'expression peinée d'Anna, et il se reprit.

— Allez, va voir ton amie, conclut-il.

Suivant la jeune anglaise du regard, tandis qu'elle s'éloignait vers l'entrée de l'hôpital, il remarqua ses jambes blanches sortant du short mal coupé, et se la représenta installée sur la plage très chic de l'hôtel, avec son pique-nique, en train de brûler au soleil sous les regards tout aussi cuisants des habitués.

Il avait beau refuser de se sentir responsable d'Anna, Sebastián avait conscience d'avoir en partie saboté l'unique week-end qu'elle s'était autorisé loin de sa fille. Et voilà que les circonstances gâchaient les premières vacances qu'elle passait sans Willow.

Qu'il lui ait présenté des excuses ne suffisait pas à racheter les torts qu'il avait envers Anna. Sebastián était fermement décidé à compenser le mal qu'il lui avait fait.

À l'intérieur de l'hôpital, la climatisation maintenait une fraîcheur bienvenue, hormis dans le service de maternité où régnait une chaleur qui donna à Anna l'impression d'être déjà sur la plage. Une fois qu'elle se fut désinfecté les mains, on la conduisit jusqu'à une magnifique chambre, encombrée de bouquets de fleurs magnifiques et d'ours en peluche. Elle y trouva une Emily à la mine défaite et aux yeux rougis.

— Ce n'est pas comme ça que les choses devaient se passer ! lâcha cette dernière en fondant en larmes.

— Oh ! ma pauvre chérie ! s'exclama Anna en la serrant dans ses bras. Comment va-t-elle ?

— Les médecins sont rassurants. Mais elle ne peut pas encore respirer seule. Il y a des tas de machines autour d'elle !

C'était effectivement le cas, constata Anna, lorsque son amie et elle se plantèrent devant la vitre de l'unité de soins intensifs. La petite fille était minuscule, et pourtant parfaite. De sous son bonnet émergeaient quelques cheveux du même blond que ceux d'Emily. Et elle tendait ses petites mains roses, comme si elle essayait de se cramponner à quelque chose.

Lorsqu'elles eurent regagné la chambre, Emily reprit place sur le lit.

— Je suis vraiment désolée que tu retrouves seule, dit-elle. Alejandro avait demandé à Sebastián de s'occuper de toi, et voilà qu'il ne trouve rien de mieux que de filer à Jerez.

— Ne t'inquiète pas, je me débrouillerai très bien sans lui.

Une fois qu'Anna eut donné à son amie tout ce que celle-ci lui avait demandé d'acheter à la pharmacie – pratiquement la moitié de l'officine, lui semblait-il –, elle lui offrit le paquet enveloppé de papier de soie qu'elle avait apporté.

— Je ne suis pas certaine qu'un plaid soit tout à fait approprié pour l'été andalou, dit-elle avec un petit rire.

Sur la courtepointe, elle avait brodé deux loutres – l'une au pelage brun, l'autre au pelage clair –, souvenir de celles qu'elles avaient coutume d'aller contempler ensemble avec Willow, quand Emily était encore en Angleterre.

— C'est adorable, Anna ! s'écria Emily.

Une nouvelle fois, elle admira le travail de son amie, puis leva vers Anna un regard plein d'affection.

— Est-ce que tu crois que tu aurais le temps d'y broder le prénom du bébé, tant que tu es ici ?

— Bien sûr, si je trouve le matériel nécessaire, répondit Anna, se forçant à adopter un ton enthousiaste.

Cela lui demanderait de longues heures de travail. Néanmoins, elle était décidée à faire plaisir à Emily, aussi s'enquit-elle du prénom de la petite fille.

— C'est très joli ! s'exclama-t-elle lorsqu'elle l'entendit.

— Cela doit rester un secret entre toi et moi, lui recommanda Emily.

Elles passèrent près de deux heures ensemble, puis Anna prit congé afin qu'Emily puisse retourner voir le bébé.

— Je reviendrai demain, dit-elle en embrassant son amie.

— J'espère que je serai de meilleure compagnie, déclara Emily. Pour l'instant, je n'arrive pas à m'empêcher de pleurer.

— Oh ! je n'étais pas non plus d'une humeur joviale à la naissance de Willow.

— Peut-être, mais toi au moins tu ne fondais pas en larmes à la première occasion.

Non, se remémora Anna. Elle était juste murée dans un silence douloureux. C'était un tel chagrin de savoir que son enfant grandirait sans père !

Dans l'ascenseur, Anna se demanda où diable elle allait bien pouvoir trouver une mercerie dans Marbella. Elle venait à peine d'émerger dans la chaleur éprouvante d'un midi andalou, quand elle entendit appeler son prénom.

Quelle ne fut pas sa surprise de découvrir Sebastián appuyé contre sa voiture, vêtu d'un costume sombre complété par une cravate assortie ! Cette fois, il était rasé de près.

— Je te croyais reparti pour Jerez, s'étonna Anna en le rejoignant.

— J'ai travaillé en ligne toute la matinée, dit-il en haussant les épaules. Alors, quels sont tes plans ? Est-ce que je t'emmène à la plage ?

— Non, je te remercie. J'ai quelques courses à faire dans la vieille ville.

— Tu ne veux pas que nous allions à la plage ?

Bien sûr qu'elle en rêvait ! songea Anna. Mais un après-midi entier en compagnie de Sebastián lui paraissait receler d'innombrables dangers. D'ailleurs, n'éprouvait-elle pas déjà, au creux de l'estomac, le frisson ressenti au moment où s'était imposée la décision de passer la nuit avec lui ?

Mais, cette fois, il ne s'agissait de rien d'autre que d'une balade à la plage. En pleine journée.

— D'accord, ce n'est pas une mauvaise idée, fit-elle sur un ton dont elle espérait qu'il ne trahissait pas ses appréhensions.

6

Se remémorant la recommandation de Sebastián, Anna s'impatienta : la croyait-il vraiment assez stupide pour s'exposer à des coups de soleil ?

Elle s'était munie de la lotion qu'elle utilisait pour Willow, et elle s'en tartina abondamment – sans oublier de glisser le flacon dans son sac.

Ce fut avec l'impression que ces fichus papillons étaient revenus battre des ailes dans son estomac qu'elle noua les liens retenant son mini-deux-pièces rouge, puis enroula son corps pâle du paréo, avant de se coiffer d'un chapeau de paille. Enfin, elle prit la direction du bungalow que Sebastián lui avait désigné de la main, la veille.

— *Hola !* Entre ! fit-il en lui ouvrant avec son assurance habituelle, même s'il ne portait rien d'autre qu'un short de bain noir et des lunettes de soleil.

— Je croyais que nous allions à la plage, objecta Anna.

Levant un poing fermé, il fit un signe du pouce derrière lui. Elle cligna des yeux en découvrant la vue époustouflante sur laquelle ouvrait sa chambre.

— Waouh ! lâcha-t-elle. Je vais me plaindre à la direction pour la façon dont je suis logée.

Cette plaisanterie fit naître un sourire sur les lèvres de Sebastián, et il l'entraîna à travers l'immense chambre, qui donnait directement sur la plage.

S'apercevant de la présence de quelques femmes, allongées sur le sable, déjà bronzées et les seins nus, Anna se sentit soudain bien trop couverte. Le paréo rouge et blanc, qu'elle avait trouvé si joli, lui donnait l'impression d'être enveloppée dans le drapeau britannique.

— Voilà ! lança Sebastián en se laissant tomber sur une chaise longue.

— Celle que tu m'as laissée est à l'ombre, protesta Anna.

— C'est exprès, rétorqua Sebastián. Sinon, tu vas cramer.

Relevant la tête pour le fusiller du regard, sous le rebord de son chapeau, Anna déclara :

— Aucun risque ! J'ai passé un écran total impénétrable.

Tout en retirant ses lunettes de soleil, Sebastián se fit la réflexion qu'Anna semblait étonnamment crispée.

Il n'avait guère l'habitude de jouer les baby-sitters avec ses compagnes successives. Habituellement, il se contentait de leur confier sa carte bancaire pour qu'elles trouvent à s'occuper pendant qu'il retournait au travail.

Que diable faisait-il là ?

Curieusement, Sebastián se sentait « condamné » à rester auprès d'Anna, afin de s'assurer qu'elle se débrouillait avec les règles en vigueur sur la plage.

Non, rectifia-t-il en son for intérieur, il ne s'agissait nullement d'une obligation.

Ce n'était pas par devoir qu'il tenait compagnie à Anna.

— *Dios*..., grommela-t-il en voyant arriver le groupe du matin. C'est bien la raison pour laquelle je préfère mon yacht.

Il gratifia Anna d'un petit sourire en coin, comme pour s'excuser d'avoir manifesté l'envie d'être ailleurs.

— L'une des femmes est persuadée que je suis ton employée, lâcha-t-elle avant même de s'en rendre compte.

— Comment le sais-tu ?

— Juste un commentaire qu'elle a fait après ton départ.

Anna n'avait nullement l'intention de s'en ouvrir à Sebastián, mais il semblait attendre la suite, et elle ne put faire autrement que répéter ce qu'elle avait entendu.

— Elle a insinué que les Romero abaissaient leurs standards d'élégance en faisant travailler des femmes dans mon genre.

— C'est *elle* qui rabaisse tout, objecta Sebastián. Regarde ! Elle est déjà en train de se plaindre.

En effet, la femme appelait un plagiste pour lui faire déplacer les parasols.

— Est-ce que ta fiancée était vraiment dans ce style ? se risqua à questionner Anna.

Sebastián ne sembla pas lui tenir rigueur de revenir sur le sujet, car il répondit en étouffant un bâillement :

— Pas au début... Mais très vite elle n'a pas pu s'empêcher de faire des remarques désobligeantes à mon équipage. Pour des choses sans importance. Juste parce que c'était une peste. J'ai alors commencé à comprendre qui elle était. Habituellement, j'ai plutôt du flair, mais elle avait bien caché son jeu...

Il se tut et passa les mains derrière sa tête. Manifestement, songea Anna, il n'avait pas l'intention d'en dire plus. Elle mourait d'envie que Sebastián se confie davantage.

— Que s'est-il passé ? reprit-elle. J'imagine que ce n'est pas pour cette seule raison que tu as rompu du jour au lendemain.

— Anna, je suis coutumier des ruptures inopinées. La plupart du temps...

Un silence inconfortable s'installa entre eux, seulement troublé par le bruit des vagues.

— Pas avec une femme à laquelle tu es fiancé, finit par relever Anna. Surtout quand elle vient de perdre un bébé. Je ne te crois pas.

Elle vit Sebastián grimacer. Était-ce la preuve qu'elle avait touché juste ?

Il ferma les yeux, et elle en vint à se demander s'il s'était endormi. Jusqu'à ce que sa voix rompe le silence.

— J'avais promis à Ella que je ne parlerais jamais à personne de ce qui s'était passé.

— Cela ne l'empêche pas de dire tout le mal possible à ton sujet dans chacune de ses interviews ! s'indigna Anna.

— Je me moque de l'opinion que les gens ont de moi.

De nouveau Sebastián se tut. Anna était sur des charbons ardents. Allait-il poursuivre ses confidences ? se demandait-elle sans oser insister. Après quelques secondes, il ajouta :

— La plupart du temps, là aussi.

Retenant son souffle, Anna tourna la tête et rencontra le beau regard sombre.

— Je n'ai pas envie de rentrer dans les détails, déclara Sebastián, mais sache que les rumeurs que la presse colporte, n'ont rien à voir avec la réalité.

Se contentant d'approuver de la tête, Anna sentit un picotement sur ses joues. Elle était certaine que Sebastián disait vrai. Et n'avait-il pas implicitement admis que l'opinion qu'elle avait de lui comptait à ses yeux ?

— J'aimerais tellement me moquer de l'opinion d'autrui, souffla-t-elle. Mes parents m'ont élevée dans l'idée que tout ce que je faisais était susceptible d'entraîner des répercussions sur leur honneur. Nous habitons un petit village où tout se sait.

— Est-ce que tu as un job ?

— Bien sûr ! Je travaille à l'accueil de l'école. Ce n'est pas ce que j'avais espéré faire, mais... J'ai les vacances scolaires, et ça m'est très utile.

— Qu'aurais-tu souhaité faire ?

— Je voulais devenir prof. L'année prochaine, Willow sera scolarisée. Du coup, je pourrais reprendre une formation. Il existe pas mal de stages. Même s'ils ne sont pas rémunérés...

Sebastián la gratifia d'un clin d'œil espiègle.

— Si tu veux, dit-il, je pourrais te prendre comme stagiaire... Peut-être pas dans ce domaine...

Incapable de se retenir de rire, Anna s'exclama :

— Je ne crois pas que ce serait une bonne idée !

Elle se sentit devenir écarlate. Ce diable d'homme avait le chic pour trouver toutes les occasions de flirter !

— Tu commences à être un peu trop rouge, déclara-t-il. Tu ferais mieux de remettre de la crème.

Anna préféra ne pas révéler que le soleil n'y était pour rien.

Dans le sac entrouvert d'Anna, Sebastián attrapa l'énorme flacon d'écran solaire.

— La prochaine fois, dit-il, essaie de te munir d'un tube plus discret. Tu n'es pas en sortie scolaire, que je sache !

Décidément, songea-t-il, Anna avait besoin d'être mise au courant des codes régissant le monde dans lequel il l'avait entraînée – un monde qui pouvait se montrer cruel.

Il avait eu beau faire cette remarque sur un ton gentiment gouailleur, elle n'en pinça pas moins ses adorables lèvres, et il comprit qu'elle avait perçu sa remarque comme une critique.

— Tends la main, lui intima-t-il.

Anna obtempéra, et il fit abondamment couler la lotion dans sa paume.

— Sur ton épaule gauche, ajouta-t-il. Et sur le côté gauche du cou, aussi.

Un plagiste s'approcha, et Sebastián commanda un verre d'eau citronnée bien glacée pour lui, puis se tourna vers Anna.

— Je n'ai besoin de rien, merci, dit-elle en réponse à son invite muette. J'ai ce qu'il faut.

De son sac, elle extirpa une gourde en plastique dans laquelle l'eau devait pratiquement atteindre le point d'ébullition. Sebastián corrigea sa commande, demandant la même chose pour tous les deux. Ainsi que des fruits frais.

Quand l'homme s'éloigna, il leva une main pour couper court à toute protestation.

— Garde ton eau chaude pour les cas d'urgence, dit-il.

— Pourquoi faut-il que tu sois toujours aussi arrogant ? répliqua-t-elle.

Plongeant le nez dans la biographie qu'elle n'avait pas eu le courage de lire dans l'avion, Anna essaya en vain de se concentrer. Comment y serait-elle parvenue, se demanda-t-elle, avec ce demi-dieu à ses côtés ?

Le verre de citronnade qu'on leur apporta était délicieusement glacé, et elle n'avait jamais vu un plateau de fruits aussi richement fourni.

— Sers-toi, lui proposa Sebastián avant de mordre dans une tranche de pastèque rouge vif.

Anna en avait l'eau à la bouche. Elle se serait volontiers laissé tenter, mais le sable et la lotion sur ses doigts l'en empêchèrent.

— Non, je te remercie, fit-elle.

Ce fut sans résultat qu'elle s'efforça à nouveau de fixer son attention sur un paragraphe du livre. La proximité de Sebastián était la seule chose à laquelle elle parvenait à penser. Mais elle faisait tout son possible pour dissimuler son trouble.

— Pourquoi faut-il que nous nous disputions pour quelque chose d'aussi stupide qu'un verre d'eau et quelques fruits ? demanda-t-il.

Lui lançant un regard en coin, Anna renchérit sèchement :

— Tu oublies l'écran total.

— C'est vrai, rétorqua Sebastián.

Il sembla réfléchir un instant, puis enchaîna :

— Anna, je sais très bien que tu préférerais être ailleurs qu'à Puerto Banús. Mais, je t'en prie, cesse de batailler avec moi sur tout et n'importe quoi. On dirait que tu es en guerre permanente, et je ne sais vraiment pas contre quoi.

Les mots dansaient sur la page qu'Anna fixait inutilement. Sebastián n'avait pas tort : elle était bel et bien en guerre. Mais ce n'était pas contre lui. Plutôt contre l'attirance qu'il lui inspirait, jouant au chat et à la souris avec ses émotions.

S'asseyant, elle s'efforça de faire comme si l'homme allongé près d'elle la laissait de marbre. Mais comment demeurer insensible à la vision du duvet sur ces cuisses magnifiques ? Elle n'en avait pas oublié la douceur…

Voyant qu'elle se décidait à manger quelque chose, Sebastián s'assit à son tour.

— C'est bien, fit-il comme s'il se réjouissait de la fin de leur querelle.

La main indécise d'Anna s'attarda au-dessus des tranches d'ananas, des fruits de la passion, des pommes émincées.

Sebastián montra moins d'hésitation, picorant une fraise mûre à point. Ce fut à cet instant qu'Anna se lança, lâchant d'une voix haletante et mal assurée :

— Je suis très heureuse d'être là.

Cette fois, les longs doigts de Sebastián vinrent enserrer les siens.

— C'est bien, redit-il.

Le regard d'Anna s'attarda sur leurs mains. Ce contact suffisait à attiser une énergie prisonnière au tréfonds de son être, comme en écho à celle que contenait le grand corps viril – dans un étrange va-et-vient de circuit électrique…

Lorsqu'elle se tourna vers Sebastián, il soutint effrontément son regard, et Anna lut dans les prunelles sombres qu'il lui laissait l'initiative de la prochaine étape.

Toutes les cellules de son corps désiraient ardemment qu'il l'attire à lui. Son lit n'était-il pas à quelques pas ?

— Je vais me baigner, lâcha-t-elle brusquement en se levant.

Peut-être l'eau fraîche éteindrait-elle le feu de ses pensées ? Peut-être serait-elle à nouveau capable de respirer librement en se plongeant dans la mer ?

Il était temps qu'elle retrouve son bon sens !

Les mains derrière la tête, Sebastián suivit Anna du regard tandis qu'elle marchait vers le rivage. Il nota que ses épaules avaient déjà rougi et, s'il prit le temps d'admirer la courbure de son postérieur et ses longues cuisses fuselées, ce fut surtout son dos qui le fit s'extasier, son dos magnifique, dont la raideur trahissait la tension qui l'habitait.

Ils avaient beau se trouver sur une plage paradisiaque, les clients de ce genre de villégiature très huppée n'étaient pas des plus tendres – en particulier s'ils gardaient le sentiment d'avoir essuyé un affront.

La femme à laquelle Sebastián s'était opposée le matin même ne se priva pas pour dénigrer les maillots achetés en grandes surfaces, les épidermes rôtis par le soleil, et elle se moqua abondamment de la jeune anglaise qui souffrirait le martyre en s'allongeant dans son lit.

Elle s'était exprimée en espagnol, mais le ton de sa voix était suffisamment persifleur pour que la teneur de son propos soit universellement compréhensible. Quant aux éclats de rire dans son groupe d'amis, il était sans mystère.

Les épaules d'Anna se crispèrent, elle marqua le pas, et Sebastián retint sa respiration.

Anna avait hésité un instant. Car les rires l'accompagnant ne faisaient que confirmer ce qu'elle savait déjà : elle n'était pas à sa place.

Reprenant sa marche, elle s'obligea à adopter un pas mesuré. Si elle s'était écoutée, elle aurait fait volte-face pour s'enfuir en courant.

— Anna !

La voix de Sebastián, dans son dos, apaisa son sentiment de panique.

— Attends-moi, ajouta-t-il.

Se tournant vers lui, Anna ne put s'empêcher d'être fascinée par son incroyable beauté. Les railleries s'étaient éteintes, laissant place à un silence incrédule car Sebastián lui avait pris la main. Le baiser qu'il lui donna exprimait clairement qu'elle lui plaisait.

Ce ne fut qu'un baiser fugace, et même si elle n'ignorait pas qu'il était destiné à agacer ses détracteurs, Anna le savoura pleinement. Cela avait suffi pour qu'elle se sente belle.

Tandis qu'ils avançaient, main dans la main, vers les vagues qui léchaient la grève, elle éprouva le même sentiment de plénitude et de perfection que lorsque Sebastián l'avait tenue dans ses bras, au cours de cette fameuse nuit.

— Je te remercie, fit-elle en mettant les pieds dans l'eau délicieusement tiède.

— De quoi ?

— Tu n'avais pas besoin de faire ça, tu sais.

— J'en avais envie. À vrai dire, j'aurais envie de bien davantage...

Sur ces mots, Sebastián plongea et s'éloigna à la nage, dans un crawl que les leçons de natation qu'Anna avait reçues à l'école ne lui permettaient pas d'égaler. Aussi se borna-t-elle à faire la planche.

Le ciel était d'un bleu comme elle n'en avait jamais vu. Elle plissa les paupières sous l'éclat du soleil. Mais, soudain, la silhouette de Sebastián s'interposa entre elle et ce rayonnement aveuglant. Debout, ruisselant, il demeurait immobile, abaissant son regard sur elle.

Anna se fit la réflexion qu'il était presque plus dangereux de le fixer que d'en faire autant avec le soleil.

Se laissant bercer par les flots, elle se remémora une autre fois où Sebastián l'avait contemplée de la sorte. Et elle ne doutait pas que le même souvenir le taraudait.

— Arrête, s'il te plaît, souffla-t-elle.

— De quoi faire ?

— De me regarder comme ça. C'est comme si...

Incapable d'en dire plus, Anna se tut.

— Comme si quoi ? insista-t-il en lui tendant la main pour l'aider à se mettre debout.

Anna lui sut gré de lui éviter le ridicule de reprendre pied de façon plus ou moins élégante sur le sable.

À sa grande surprise, Sebastián ne lui lâcha pas la main une fois qu'elle se fut redressée. Avec l'air d'évaluer l'importance de ses coups de soleil, il promena son regard sur la partie visible de son corps, s'attardant sur les tétons dressés sous les minces triangles.

Du bout des doigts, il lui effleura le cou – là où la morsure du soleil avait déjà rosi son épiderme –, puis l'épaule, dont Anna se dit qu'elle ne l'avait pas assez protégée.

— Nous ferions mieux de rentrer, dit-il d'une voix rauque indiquant clairement que cette suggestion n'avait pas pour seul objet de la garantir contre les coups de soleil.

Se retrouver face à Sebastián Romero, avec presque rien sur elle, mettait Anna terriblement à l'épreuve. Elle n'avait pas l'habitude du désir physique. Naïvement, elle s'était imaginé que le moment à risque était la nuit – lorsqu'il l'avait raccompagnée après le restaurant. Si elle avait accepté cette sortie à la plage, c'était parce qu'il lui semblait qu'au grand jour il lui serait plus facile de garder la tête froide.

— Toi aussi, tu devrais arrêter, fit-il en lui caressant la joue.

— Arrêter quoi ?

— De me regarder avec l'air d'être prête à m'embrasser.

Anna se dit qu'elle aurait dû avoir la sagesse de répliquer : « dans tes rêves ». Elle n'en fit pourtant rien.

Les doigts fins de Sebastián écartaient les mèches éparses de son visage – ce dont il avait avoué avoir eu envie, la veille –, puis ils s'insinuèrent dans la masse de ses cheveux, à l'arrière de sa tête, comme pour la retenir. Le soleil continuait à darder ses rayons sur eux, et sur la surface brillante de l'eau.

Il n'y avait nulle part où elle puisse se cacher, aussi Anna soutint le regard qui la dévisageait. Lorsque le visage de Sebastián s'inclina vers le sien, elle ferma les yeux. Le contact de ses lèvres, à la fois douces et fermes, la plongea dans une extase qui la fit frissonner malgré la chaleur. Elle agrippa les épaules tiédies par le soleil. Anna se délecta des bruits qu'ils émettaient tous deux en s'embrassant, ainsi que de la sensation de leurs corps brûlants soudés l'un à l'autre. Ensuite, la main de Sebastián glissa jusqu'à sa taille, et ce fut alors qu'elle trouva l'énergie suffisante pour reculer.

— Je ne crois pas que...

Anna s'interrompit, cherchant comment dire les choses - comment conclure un pacte avec le diable, tant qu'il en était encore temps.

— Cela ne nous mènerait à rien, reprit-elle.

— C'est vrai.

Au moins, Sebastián ne faisait pas de promesses qu'il se savait incapable de tenir, et Anna lui en était reconnaissante.

— Tu n'as aucune intention d'entamer une relation avec moi, dit-elle. Et je ne suis pas en position de me risquer à...

— Et pourtant nous éprouvons du désir l'un pour l'autre, souffla-t-il. Alors, pourquoi ne pas y céder ?

La main de Sebastián remonta de la taille d'Anna jusqu'à sa cage thoracique, comme lorsqu'ils avaient dansé ensemble. Mais, si la caresse de ses doigts était très douce, elle n'avait rien d'apaisant.

— Je veux que personne ne soit au courant, dit-elle.

— Qui pourrait être intéressé par la façon dont nous menons notre vie ? Nous n'avons pas besoin de nous cacher.

— Non !

Sur ce point, au moins, Anna était décidée à tenir bon. Cet homme mettait à bas tous ses principes, mais elle ne se laisserait pas fléchir sur cette question essentielle.

— Je serai toujours amie avec Emily, martela-t-elle. Et je ne veux pas que quoi que ce soit de gênant...

— En quoi serait-elle gênée d'apprendre que nous avons eu une relation sexuelle ?

C'était bien là toute la différence entre eux, se désola intérieurement Anna : pour Sebastián, le sexe était juste le sexe. Un besoin. L'assouvissement d'une pulsion physique.

Or, elle avait conscience que ce qu'elle éprouvait à son égard n'avait pas seulement à voir avec le sexe...

— Lorsque je reviendrai ici, ce sera certainement avec ma fille, déclara-t-elle fermement. Et je tiens à ce que rien ne laisse supposer que tu es davantage pour moi que le beau-frère de ma meilleure amie.

— Tu imagines bien que, si vous revenez toutes les deux, je me tiendrai à distance, protesta Sebastián. Les relations sentimentales, ce n'est pas mon truc ! Encore moins quand elles sont compliquées. Cesse de faire surgir des problèmes là où il n'y en a pas.

De nouveau, Sebastián s'empara de sa bouche, et tous les doutes d'Anna s'évanouirent.

— Retournons au bungalow, souffla-t-il.

Uniquement unis par le contact de leurs fronts, leurs corps n'étaient qu'à quelques centimètres l'un de l'autre, et Anna sentait de délicieux picotements la parcourir à la pensée que, bientôt, ils seraient peau contre peau.

Si elle s'était écoutée, elle aurait pris Sebastián par la main pour se précipiter avec lui au-devant des délices qu'il promettait. Cependant, elle fit une dernière tentative pour se montrer raisonnable.

— Je ne veux pas qu'Emily sache...

— Comment pourrait-elle l'apprendre ? l'interrompit Sebastián. Dès demain, je serai de retour à Jerez.

La déception submergea Anna, telle une vague qui se serait soudain formée sur la mer d'huile. Le choc de cette révélation, suffit à lui faire recouvrer ses esprits. Elle s'écarta de Sebastián et murmura :

— Je pensais que nous aurions la semaine entière...

— Anna, s'insurgea Sebastián, mon frère ne reprend pas le travail, à cause du bébé. Mon père est trop malade pour nous remplacer. Quant à Carmen, elle ne connaît rien aux affaires de la *bodega*. Il faut bien que quelqu'un assume.

— Bien sûr, reconnut Anna.

Après tout, songea-t-elle, quelle importance que Sebastián soit prêt à lui consacrer seulement une nuit ou six ? Quelles qu'en soient les conditions, leur liaison ne serait jamais que temporaire...

Cependant, elle avait déjà fait l'expérience d'une seule nuit dans son lit, et elle ne voulait pas devoir passer le reste de la semaine à essayer de l'oublier. Il était hors de question qu'elle accepte de réactiver toutes les émotions contre lesquelles elle avait dû lutter après le mariage – et ce, juste pour un bref instant.

De toute évidence, Sebastián croyait avoir affaire à la femme rencontrée alors – le personnage qu'elle s'était construit. Mais Anna était redevenue elle-même.

À moins qu'elle ne fût quelque part entre les deux...

— Ce n'est pas possible, redit-elle. Je refuse de t'appartenir une nouvelle fois juste pour une nuit. J'ai besoin que cela dure au moins le temps de mes vacances.

— C'est beaucoup demander.

— Oh ! je t'en prie ! Tu es tout le temps en vacances !

— C'est ce que tu crois ?

Prenant une inspiration, Anna planta son regard dans celui de Sebastián. Elle n'ignorait pas qu'il travaillait dur, et elle ne comprenait pas ce qui l'avait poussée à dire cela.

— Non, répondit-elle. Je sais que c'est faux. Mais pourquoi ne pas t'accorder quelques jours ?

— C'est hors de question !

— Alors, il est hors de question, pour moi, de recoucher avec toi une seule fois.

— J'en suis désolé.

De toute évidence, Sebastián n'avait l'intention ni d'insister ni de céder. Ce fut toujours main dans la main qu'ils sortirent de l'eau. Sa courtoisie naturelle le poussa même à proposer qu'ils aillent déjeuner quelque part.

— Non, merci, répondit Anna. J'ai des courses à faire.

— Comme tu voudras.

De la main, Sebastián désigna une allée, avant d'ajouter :

— Par-là, tu vas tomber sur ton bungalow. *Hasta luego !*

Anna savait qu'elle n'avait de reproches à faire qu'à elle-même...

7

À son réveil, Anna fut assaillie d'épouvantables regrets. Si seulement elle avait eu le courage d'accepter la proposition de Sebastián !

Après l'avoir quitté, la veille, elle s'était douchée avant d'aller explorer les vieux quartiers de la ville. Elle avait fini par dénicher une mercerie, où elle avait trouvé de quoi retoucher la broderie de la courtepointe. Ensuite, elle s'était installée à une terrasse de café, s'efforçant de se convaincre qu'elle était fière d'avoir résisté au charme de Sebastián. Sauf qu'il ne servait à rien de se mentir !

C'était uniquement pour respecter ses principes qu'elle s'était retrouvée seule dans son bungalow, occupée à broder, au lieu de faire l'amour passionnément !

Les regrets d'Anna ne furent qu'amplifiés lorsque, répondant à un coup frappé à sa porte, elle trouva Sebastián sur le seuil, dans un costume bleu marine et sans cravate.

Manifestement, il était prêt à partir pour Jerez.

— Tu ne veux pas que nous allions déjeuner quelque part, avant que je prenne la route ? demanda-t-il.

Anna prit la précaution de maintenir la porte à peine entrouverte, afin de dissimuler son ouvrage, étalé au sol.

— Sebastián, je t'en prie, souffla-t-elle, ne rend pas les choses plus difficiles.

Observant cette curieuse jeune femme – dont la fierté naturelle rendait l'abord parfois difficile –, Sebastián se demanda comment la convaincre de sortir de son isolement. Franchement, pourquoi s'obstinait-elle à se cloîtrer dans sa chambre alors que le soleil brillait ?

Peut-être parce qu'elle demeurait blessée par les réflexions essuyées la veille – même si elle n'en comprenait pas totalement la teneur. Il fallait qu'il trouve comment l'aider ! De préférence par un moyen dont il tirerait lui aussi bénéfice.

— J'ai besoin que tu me rendes un service, dit-il.

— Je t'écoute.

— Tu pourrais peut-être me laisser entrer, non ?

— C'est que... Non, je ne peux pas...

Anna se dit qu'elle devait avoir l'air ridicule.

— Attends un peu, fit-elle.

Refermant en partie, elle s'empressa d'aller ramasser courtepointe et matériel de couture, puis revint ouvrir.

— Désolée ! dit-elle.

— Pas de problème, répondit Sebastián en allant s'asseoir sur le canapé. J'ai besoin de l'avis d'une femme. C'est au sujet de Carmen. Je me fais du souci pour elle. Elle a rompu récemment.

— Je me souviens qu'Emily m'en avait parlé.

— Ça ne s'est pas bien passé. En plus c'était au moment du retour de Maria et de l'annonce de la maladie de notre père. Mais je soupçonne qu'il y a autre chose. Et je me demandais si tu accepterais de lui parler.

— Moi ?

Anna dévisagea Sebastián avec des yeux ronds.

— Pourquoi se confierait-elle à moi ? ajouta-t-elle.

— Je l'ai bien fait, moi, répondit-il avec une étonnante candeur. Carmen est en route pour Marbella. Elle s'installe dans un autre hôtel. Je pensais lui dire qu'il est impératif qu'elle t'aide à renouveler ton épouvantable garde-robe.

— Ce que tu dis n'est pas très gentil !

Sebastián réagit à l'indignation d'Anna par un grand sourire.

— Je dis souvent des choses pas très gentilles, déclara-t-il. Même si ce n'est pas toujours sérieux. Bon, en appliquant ce plan, Carmen acceptera de t'accompagner faire le tour des boutiques. Comme cela, tu auras l'occasion de bavarder avec elle, et tu pourras me rapporter ce qui la préoccupe.

— Il est hors de question que je trahisse sa confiance !

— Tu n'es ni prêtre ni médecin, que je sache. Alors, rien ne t'oblige au secret. Je veux juste savoir si tout va bien pour elle. Serais-tu prête à seulement essayer de lui parler ?

— Si tu insistes...

— Parfait ! Maintenant, il faut que j'y aille.

Sebastián se leva, et Anna l'accompagna à la porte. Soudain, elle fut envahie par une bouffée de panique : comment allait-elle se débrouiller sans lui, à Puerto Banús ?

— *Hasta luego*, se contenta-t-il de lancer, avant de tourner les talons sans un regard en arrière.

Le regard fixé sur la route, Sebastián s'efforçait de comprendre pourquoi il se mettait autant en peine pour aider Anna. Peut-être, tout simplement, parce qu'elle le méritait.

Il appela sa sœur pour lui expliquer ce qu'il attendait d'elle.

— Je n'ai aucune envie de passer du temps avec Anna, ronchonna cette dernière. Elle est trop rasoir !

— Écoute, je te demande juste de faire les magasins avec elle, de voir ce qui lui plaît, et de faire envoyer ces vêtements à son bungalow, sans qu'elle n'en sache rien. Je ne tiens pas à ce qu'Emily et Alejandro se fassent du souci pour elle. Ils ont suffisamment de problèmes.

Comme il l'avait espéré, cet argument suffit à décider Carmen.

Lorsqu'il eut raccroché, Sebastián se demanda si son initiative était vraiment judicieuse. Carmen ne semblait pas prête à jouer volontiers le jeu, et Anna serait certainement mal à l'aise en sa compagnie. En fait, c'était lui qui aurait dû se charger de l'emmener faire des emplettes.

Mais aussi il ne pouvait que lui en vouloir d'avoir élevé le niveau de ses exigences ! Non, mais qu'est-ce qu'elle imaginait ? Qu'il était prêt à lui consacrer toute une semaine ?

Lorsque Sebastián arriva à Jerez, ce fut pour se rendre compte que le travail s'était accumulé au cours des deux jours où ni lui ni son frère n'avaient été présents au bureau.

Un rendez-vous chassant à l'autre, l'après-midi toucha à sa fin, et Sebastián s'accorda un peu de détente sur le toit-terrasse.

C'était là qu'avaient été prises les photos de ses fiançailles. Dans un magnifique coucher de soleil, lui et Ella avaient porté un toast à l'avenir – bien sûr, avec un verre de xérès de la maison Romero. Mais il avait fait la grimace en voyant la jeune femme y tremper les lèvres.

— Je te rappelle que tu es enceinte, avait-il marmonné, avec sa brusquerie habituelle.

Obéissant au photographe, il avait consenti à plusieurs clichés, impatient qu'il était de retourner au travail.

Curieusement, aujourd'hui, alors que le travail ne manquait pas, Sebastián devait lutter contre l'envie de regagner Puerto Banús et de profiter de ce ciel bleu d'azur qui le narguait.

Anna attendait davantage que ce qu'il était prêt à donner. Or, étonnamment, il se retrouvait en situation de devoir lutter contre la tentation de céder à cette exigence – dilemme qui le déconcertait au plus haut point.

Et voilà qu'en contemplant le soleil à l'horizon il se sentait prêt à accepter.

Six nuits… À vrai dire, il n'en restait plus que quatre, s'il repoussait au lendemain le moment de la rejoindre. Et puis, il y avait la réunion de famille, fixée au samedi suivant. Cela ramenait à trois le nombre de nuits qu'il passerait avec Anna.

Ce calcul à la baisse le rassurait. Il pourrait inscrire à l'encre noire, sur son agenda, la date de leur séparation...

Le téléphone de Sebastián vibra. C'était un SMS de Carmen dans lequel elle faisait amende honorable :

En réalité, elle est très sympa. On a passé une super journée !

Le téléphone vibra à nouveau. Cette fois, c'était Anna. Au lieu de décrocher, il laissa se déclencher la messagerie vocale. Mais elle n'enregistra pas de message.

— Sebastián ?

Son assistante venait de le rejoindre. Manifestement, elle souhaitait savoir s'il avait encore besoin d'elle, car il était déjà près de 22 heures – la règle, en Espagne, était que les journées de travail se prolongent tard dans la soirée.

— Vous pouvez rentrer chez vous, déclara Sebastián. Cependant, demain, je vous demanderai de modifier mon planning.

— À nouveau ?

— Oui. Je m'absente jusqu'à la fin de la semaine.

Son assistante était vraiment une collaboratrice précieuse, car elle ne cilla même pas, se contentant d'une légère crispation de la mâchoire.

Le trajet de retour vers Marbella parut moins long à Sebastián – comme si la route le ramenait plus vite vers Anna. Il eut l'impression de filer à travers le temps et l'espace, jusqu'au moment où il sortit de sa voiture, dans les échos de la musique montant du port.

— *Hola !* fit-il quand Anna lui ouvrit sa porte, seulement vêtue d'un peignoir.

Il sembla à Sebastián qu'elle avait fait quelque chose pour éclaircir la nuance de ses cheveux. Et la rougeur du coup de soleil, sur son visage, s'était atténuée. Ou bien était-ce dû à un léger maquillage ?

— Sebastián ! s'exclama Anna. Je te croyais à Jerez.

— J'ai pu écourter mon séjour.

S'écartant pour mieux la regarder, il ajouta :

— Tu as changé quelque chose à ton visage et à tes cheveux ?

Anna déglutit avant de répondre :

— Carmen et moi sommes juste allées nous faire maquiller et coiffer.

— Je peux entrer ?

Anna se rappela que son ouvrage était sur la table du salon.

— En fait..., fit-elle, embarrassée. Est-ce que tu peux...

— Attendre un instant ?

— Exactement.

En toute hâte, Anna rangea tout son matériel dans sa valise. Mais, avant de revenir ouvrir, elle s'accorda le temps d'inspirer et expirer profondément pour calmer les battements désordonnés de son cœur.

Elle avait passé la soirée, seule dans son bungalow, à coudre et broder. Au bord des larmes. De son équipée avec Carmen, elle était revenue habillée de neuf – dans une robe en lamé, et de magnifiques sous-vêtements –, avec l'impression d'être Cendrillon parée pour un bal qui n'aurait jamais lieu. Elle avait ôté la robe, puis enfilé le peignoir de l'hôtel.

N'était-il pas pathétique de se retrouver dans l'un des endroits les plus sexy au monde, habillée pour faire la fête et n'avoir que la couture pour seule occupation ?

Et voilà que l'homme le plus sexy de la planète avait frappé à sa porte !

Du calme, intima-t-elle à son cœur endiablé. De toute évidence, Sebastián venait demander si elle avait réussi à tirer les vers du nez à sa sœur.

— Entre, fit-elle en s'efforçant de respirer sans inhaler les délicieux effluves émanant de Sebastián. Carmen et moi avons passé une journée très agréable. Et, quand je suis rentrée ici, j'ai trouvé tout ça qui m'attendait.

De la main, elle désigna l'amoncellement de sacs de courses, portant les logos de grandes marques, visible par la porte de la chambre.

— Ce n'était pas la peine de faire de telles dépenses pour moi, ajouta-t-elle.

Sebastián se contenta d'aller s'asseoir sur le canapé, en haussant les épaules.

— Viens près de moi, fit-il.

Curieusement, Anna lui trouvait l'air plus détendu que de coutume. Comme si elle avait affaire à une version moins grave du Sebastián qu'elle connaissait.

Elle s'efforça de se concentrer sur la raison de sa présence.

— Carmen et moi, commença-t-elle en prenant soin de s'asseoir à distance respectable, sommes allées faire le tour des boutiques, puis chez le coiffeur, et...

Surprise de voir Sebastián fermer les yeux, comme pour contenir un sentiment de frustration, elle marqua une pause. D'un hochement de tête, il lui fit signe de poursuivre.

— Carmen va bien, reprit Anna. Au début, elle était un peu réticente à se confier. C'est normal, elle ne me connaît pas... Mais, au salon de coiffure, j'ai commencé à parler de moi pour la mettre en confiance. Par exemple, je lui ai raconté que je n'avais pas eu d'homme dans ma vie depuis des années...

— Tu n'étais pas obligée d'inventer pareilles histoires, l'interrompit Sebastián.

Il la gratifiait de son habituel sourire, à la fois enchanteur et arrogant, et Anna songea qu'il n'avait pas l'air de croire qu'elle s'était bornée à avouer la triste vérité. Cependant, elle jugea inutile de corriger. C'était sans importance.

— Nous avons beaucoup échangé, reprit-elle. Je n'ai pas hésité à livrer à Carmen toutes les choses affreuses que le père de Willow m'a dites quand nous avons rompu.

— Ah bon ? Quoi, par exemple ?

Le sourire de Sebastián s'était effacé, et il la dévisageait avec le plus grand sérieux. Levant une main, Anna manifesta qu'elle n'avait aucune intention d'évoquer sa vie antérieure avec lui.

— Tenons-nous en à Carmen, dit-elle. Tu avais raison, ça ne

s'est pas très bien passé avec son ex. Rien de trop grave, cependant. Elle a juste été moralement blessée, mais elle est prête à passer à autre chose.

— D'accord… Je suis heureux qu'elle ait pu te parler.

Pourquoi, diable, Sebastián semblait-il aussi impatient ? se demanda Anna. On aurait dit que sa sœur était le cadet de ses soucis…

Cependant, Anna n'était pas au bout de ses révélations. Et ce qu'elle avait appris de la bouche de Carmen n'était pas sans intérêt. De plus, elle n'était pas certaine d'avoir eu la réaction la plus adéquate en l'écoutant.

— Il n'y a pas que sa rupture, dit-elle, qui tourmente Carmen. Et je ne suis pas sûre d'avoir trouvé les mots pour la réconforter.

— Ah bon ? De quoi s'agit-il ?

Un instant, Anna demeura hésitante, mordillant sa lèvre inférieure.

— C'est un peu délicat, reprit-elle.

— Anna, quelle que soit l'opinion que tu as de moi, tu ne peux pas douter que les intérêts de ma sœur me tiennent à cœur, non ? De quoi s'agit-il ?

— De l'équitation. En fait, de sa carrière. Carmen a peur de décevoir ton père si… si elle change de voie professionnelle. Ou si, tout au moins, elle fait une pause dans sa carrière. Elle envisageait de lui parler, mais il est tombé malade à ce moment-là.

Ouvrant des yeux ronds, Sebastián demanda :

— Elle veut arrêter le cheval ?

— Oui, je crois. J'ai essayé de la rassurer, de lui dire que son père l'aime, quelle que puisse être sa décision. Mais je ne suis pas convaincue d'avoir trouvé les mots qu'il fallait. D'ailleurs, j'allais t'appeler pour t'expliquer tout ça. Tu n'avais pas besoin de revenir exprès.

— Ce n'est pas pour parler de Carmen que je suis revenu.

— Ah bon ? À cause de quoi, alors ?

— À cause …

Anna avait tellement l'habitude que Sebastián se ferme comme une huître s'il n'avait pas envie d'aborder un sujet qu'elle pensa qu'il ne développerait pas. Sa surprise fut grande lorsqu'il ajouta :

— À cause de toi.

Avait-elle loupé quelque chose ? s'interrogea-t-elle, cherchant désespérément ce qui avait bien pu lui échapper.

À cause de toi...

— J'ai pris quelques jours de vacances, enchaîna Sebastián. Rien à voir avec le bébé. Juste pour toi.

Il adressa à Anna un sourire nonchalant, avant de poursuivre :

— Tu m'as dit que tu ne pourrais pas te contenter d'une aventure d'un soir. Que tu voulais que ça dure jusqu'à la fin de tes vacances. Eh bien, c'est entendu ! Je m'incline.

Les yeux écarquillés, Anna avait l'impression de fixer l'astre du jour. Sebastián rayonnait comme le soleil. À tel point qu'elle dut détourner le regard.

Tous ses espoirs se réalisaient, et pourtant elle était terrifiée. Du coin de l'œil, elle vit tous les paquets empilés sur le lit et se demanda ce que cachait ce revirement soudain.

— Je ne suis pas sûre que nous soyons bien compris, lâcha-t-elle. C'est vrai, j'ai envie de passer davantage de temps avec toi, mais...

Sebastián partit d'un grand éclat de rire.

— Anna, ne te méprend pas ! lança-t-il. J'ai juste l'intention de te faire passer les vacances que tu mérites.

— Pourquoi cela ? demanda-t-elle d'une voix voilée.

— Parce que je t'apprécie. Et j'aime l'idée de m'accorder quelques jours de détente en ta compagnie. Bien sûr, à la condition qu'il n'y ait aucun malentendu entre nous... C'est sans engagement d'avenir. Sans attachement. Sans...

— Oui, mais..., interrompit Anna, avant de faire machine arrière.

Non ! Il n'était pas question qu'elle gâche tout en laissant ses émotions prendre le dessus.

— Qu'allais-tu dire ? s'enquit Sebastián.

Cet homme n'était pas du genre à laisser passer quoi que ce soit, et Anna en était consciente. Aussi s'efforça-t-elle de trouver une réponse qui puisse le satisfaire.

— J'allais juste t'informer que j'ai fini par me décider à prendre la pilule, déclara-t-elle.

— Oh ! mais nos rapports ne sont pas de nature à ce que tu en viennes à cela ! objecta Sebastián. Et, ces précautions, c'est à *moi* de les prendre.

Encore une fois, il insistait pour bien marquer des limites infranchissables. Anna ne put se retenir de demander :

— Jusqu'à samedi, c'est d'accord ?

— Parfaitement. Et je vais te faire passer des vacances de rêve. Mais il faut que tu me promettes que samedi matin il n'y aura ni larmes ni supplications…

Anna acquiesça d'un hochement de tête. Elle ne doutait pas que les souvenirs de ces quelques jours suffisent à remplir le reste de sa vie.

Recourbant un index, Sebastián lui fit signe d'approcher. Anna se leva pour aller jusqu'à lui, et il la prit sur ses genoux.

— Je veux un fragment de ce cœur noir, souffla-t-elle tandis qu'il dénouait la ceinture de son peignoir. Même un minuscule éclat.

Sans accorder à Sebastián le temps de répondre, elle s'inclina pour souder sa bouche à ses lèvres sensuelles, avec une audace dont elle ne se serait jamais crue capable.

— Laisse-moi te regarder, protesta-t-il en l'obligeant à se reculer.

Écartant les pans du peignoir, il la dévora des yeux, dans ses nouveaux sous-vêtements. Mais il ne se contenta pas de cela. D'un doigt, il suivit les entrelacs de la dentelle, puis enserra un sein dans sa large paume. C'était une exploration incroyablement nonchalante, d'une délicatesse presque insoutenable.

Il fit glisser les manches du peignoir le long de ses bras, et souleva Anna pour la débarrasser du vêtement qu'il jeta au sol. Puis, il l'assit à califourchon sur lui, sans la quitter des yeux. Elle avait l'impression que son épiderme allait s'embraser, et elle avait toutes les peines du monde à ne pas laisser des supplications inarticulées franchir ses lèvres.

— Que diable fabriques-tu dans ta chambre ? demanda-t-il. Qu'est-ce que tu caches, chaque fois que je frappe à ta porte ?

Embarrassée à l'idée qu'il avait compris son manège, Anna rougit.

— Je ne peux pas te le dire, murmura-t-elle.

Cette fois, Sebastián entreprit d'explorer d'un index brûlant les broderies dissimulant la partie la plus intime de son anatomie, avant de s'aventurer sous l'étoffe.

— Oh..., lâcha-t-elle en se redressant en appui sur les genoux.

— Enlève cette ravissante culotte, si tu ne veux pas que je la déchire, dit-il d'une voix rauque. Et va chercher ce avec quoi tu es en train de jouer toutes les fois où je te dérange.

Horrifiée, Anna chercha à échapper à l'étreinte de Sebastián.

— Tu crois que je cache des sex-toys ? s'indigna-t-elle.

— Quand tu m'ouvres la porte, tu es habituellement en petite tenue et tu me demandes toujours d'attendre...

Malgré elle, Anna sentit l'embarras céder la place au fou rire, et elle s'exclama :

— Vraiment, tu ne me connais pas du tout ! Je ne peux pas te dire de quoi il s'agit, mais ce n'est pas ce que tu imagines.

Soudain, Sebastián vit les choses sous un jour totalement différent.

« Tu ne me connais pas du tout », avait dit Anna.

À son grand étonnement, depuis le mariage, il n'était pas parvenu à l'effacer de son esprit. Pas comme il avait toujours su le faire avec ses conquêtes précédentes.

Depuis la rupture de ses fiançailles, Sebastián ne donnait plus de fêtes sur son yacht. Mais, au cours des quelques mois écoulés, il avait même renoncé à inviter du monde à bord. La rencontre avec Anna l'avait détourné de ses passe-temps favoris.

Pourtant, ce qu'il y avait entre elle et lui se résumait à une banale aventure physique, non ? C'était là une interrogation qui ne cessait de le tarauder.

La hissant sur ses cuisses, il entreprit l'exploration du regard vert qui semblait dissimuler un univers insondable – comme la surface étale d'un lac.

Non, il ne s'agissait pas d'une simple relation sexuelle.

En dépit de toutes ses réticences, Sebastián ne pouvait ignorer qu'il avait aussi envie de découvrir qui était Anna – de bavarder avec elle, de l'entendre rire, de jouir de sa compagnie. Il voulait être celui qui lui permettrait de prendre un peu de bon temps – ce qu'elle méritait amplement.

Il était prêt à lui abandonner un fragment de ce cœur noir, comme elle le réclamait. Juste un minuscule éclat…

— Habille-toi, dit-il.

Anna cligna des paupières pour échapper à l'envoûtement des prunelles de jais. Dans la chaleur des bras qui l'enserraient, elle ne rêvait que d'une seule chose : se déshabiller entièrement.

— Tu veux que je m'habille ? s'étonna-t-elle.

— Oui, nous sortons.

La perplexité d'Anna fut à son comble quand Sebastián la serra plus étroitement contre son érection. Manifestement, il était aussi excité qu'elle l'était elle-même.

— Je ne peux pas sortir comme ça, dit-elle avec un sourire amusé.

— C'est la raison pour laquelle je te demande de t'habiller, Anna Douglas, rétorqua Sebastián. Car je veux m'accorder le temps de te faire la cour !

8

Mal à l'aise dans la courte robe en lamé argent qui n'était pas du tout le genre de vêtement dont elle avait l'habitude, Anna suivit Sebastián en direction du port.

— Arrête de tirer dessus, lui intima-t-il. Tu es magnifique.

— Je ne porterais jamais ça ailleurs qu'ici, dit-elle. C'était juste pour faire plaisir à Carmen que je l'avais essayée.

Spontanément, elle prit la main de Sebastián. Sur les pavés disjoints de la jetée, elle avait presque le mal de mer. Peut-être était-ce parce qu'il la voyait aussi chancelante que Sebastián noua ses doigts aux siens...

Quand la chaussure va, on ne pense plus au pied...

La citation était revenue à l'esprit d'Anna car, main dans la main avec lui, elle en oubliait presque ses talons aiguilles.

— Où allons-nous, s'enquit-elle ? Dans un bar ?

— Là où je suis mieux que nulle part ailleurs, répondit-il.

Un frisson d'excitation parcourut Anna lorsque Sebastián l'arrêta devant le plus époustouflant bateau qu'elle n'eût jamais contemplé.

— *Bienvenido a bordo, Sebastián*, déclara l'homme en pantalon sombre et chemise blanche, en haut de la passerelle. Et bienvenue à vous, *señorita*. Je suis le capitán Dante. Puis-je vous demander de retirer vos talons, s'il vous plaît ?

— C'est pour ne pas endommager le revêtement de sol, expliqua Sebastián.

— Oh...

S'appuyant d'une main à la cabine, Anna porta l'autre à sa cheville, mais il s'agenouilla devant elle.

— Laisse-moi faire, dit-il.

Elle déglutit en sentant la caresse des longs doigts qui défaisaient la petite boucle retenant la lanière. Sebastián la débarrassa de ses chaussures qu'il déposa dans un panier, puis la prit de nouveau par la main pour lui faire monter quelques marches menant à un pont dont le bois lui parut aussi doux qu'un tapis, sous ses pieds nus. Derrière un bar, se tenait un serveur auquel Sebastián demanda de leur préparer le cocktail maison : un mélange de xérès et de liqueur d'orange amère.

Anna déclina l'offre, car la tête lui tournait déjà un peu, tandis que le bateau commençait à manœuvrer.

— C'est parce que tu as l'estomac vide, expliqua Sebastián.

Il suffit qu'il lance quelques phrases en espagnol pour qu'on leur apporte des amuse-gueules qui furent déposés sur une table basse, éclairée de photophores décorés de petites étoiles répondant à celles qui brillaient dans le ciel.

— Tu danses ? proposa Sebastián en tendant une main vers Anna lorsque le yacht fut amarré à distance des regards.

La surface lisse du pont était la plus voluptueuse des pistes de danse, mais c'était surtout l'étreinte des bras puissants qui plongeait Anna dans le sentiment de jouir d'un luxe inouï.

— J'adore ton dos, souffla Sebastián à son oreille en caressant d'un doigt son épine dorsale dénudée. Tu as une merveilleuse chute de reins.

Et il l'entraîna dans une danse qui n'avait pas grand-chose à voir avec celles qu'ils avaient effectuées le soir du mariage.

Tout d'abord, il déposa une pluie de baisers sur son épaule, avant de la mordiller délicatement. L'étreignant plus étroitement, il laissa ses lèvres glisser le long de son cou et, Anna fut certaine que, s'il ne l'avait pas tenue d'une main ferme, ses jambes auraient été incapables de la porter.

— L'équipage..., murmura-t-elle.

— Chut… Ils sont à l'intérieur. Sous nos pieds…

C'était comme s'ils étaient seuls au monde, juste surveillés par les étoiles. Le balancement du bateau sur les flots, le souffle de Sebastián sur sa peau, le contact de ses lèvres, tout cela plongeait Anna dans une sorte de transe.

Il appliquait sa bouche sur la chair tendre de son cou, et elle avait l'impression qu'il y avait trouvé le point le plus sensible au monde.

Les caresses qu'il lui prodiguait la menaient au bord de l'extase, et il s'en fallut de peu qu'elle ne s'affale entre ses bras. Mais, soudain, il s'écarta, la privant du contact de ses mains, de sa bouche, de son corps ferme, la laissant désorientée. Étourdie, tant le désir la mettait au bord du vertige, Anna ne résista pas quand Sebastián l'entraîna à sa suite, lui faisant descendre quelques marches.

Ainsi, songea-t-elle en découvrant la cabine principale, il lui révélait le lieu où il se sentait véritablement chez lui.

Sebastián la déshabilla lentement, explorant de ses lèvres chacun des endroits de son anatomie qu'il dévoilait peu à peu.

Comme il le lui avait promis le soir du mariage, il embrassa jusqu'à la moindre parcelle de son corps. Et chacune des caresses de sa langue experte, chacun de ses baisers voluptueux concouraient à faire oublier à Anna la brutalité avec laquelle il avait mis un terme à leur premier matin.

Ce fut sans cesser de la dévorer de baisers qu'il ôta l'un après l'autre ses propres vêtements, ce en quoi elle était incapable de l'assister car ses mains se crispaient sur la fraîcheur du drap, au-dessous d'elle.

Au comble de l'excitation, Sebastián regardait ballotter légèrement les seins d'Anna en s'émerveillant de ce doux balancement propre aux poitrines où le bistouri d'un chirurgien esthétique n'était jamais intervenu.

Lorsqu'il lui écarta les cuisses pour glisser son visage entre elles, il se délecta de la divine caresse de sa toison intime.

— Je veux prendre le temps de te contempler, souffla-t-il tout en déroulant un préservatif sur son membre dressé.

Fascinée, Anna dévisagea Sebastián qui contemplait sa féminité offerte, et le désir qu'elle lisait dans ses yeux fit se contracter ses muscles internes, dans l'attente impatiente de ce qui allait venir. Elle ne put retenir un sanglot éperdu quand il souda sa bouche là où aucun homme ne l'avait jamais fait.

La repousse de barbe sur ses maxillaires était délicieusement rêche, tandis que sa langue explorait ses plis intimes, et Anna se redressa un instant, en appui sur les coudes, pour l'observer. Puis, elle se laissa retomber sur le lit.

Lorsqu'elle glissa une main dans les boucles brunes, Anna n'aurait su dire si c'était pour repousser la tête de Sebastián, tant l'intensité de ses caresses était presque insupportable, ou pour l'attirer davantage afin qu'il ne s'interrompe surtout pas.

Ce fut avec sa bouche que Sebastián la fit jouir, se délectant manifestement de lui donner tout le plaisir possible, jusqu'au moment où elle s'abandonna, une jambe posée sur son épaule.

— J'adore le goût de ton sexe, souffla-t-il en se relevant, à genoux devant elle.

Pantelante, Anna le vit s'approcher pour l'embrasser avec, sur les lèvres, la moiteur luisante qu'elle y avait déposée. Ensemble, ils roulèrent sur le lit, face à face, sans interrompre leurs baisers, jusqu'à ce qu'Anna s'installe à califourchon sur lui.

C'était la première fois de sa vie qu'elle se retrouvait en position dominante, mais elle n'en éprouva pas la moindre gêne. Lorsque Sebastián l'emplit, elle ferma les yeux, car jamais personne ne l'avait pénétrée aussi profondément.

Elle s'agrippa aux épaules de Sebastián, et ils s'embrassèrent passionnément, tandis qu'il la soumettait à des assauts furieux, se cabrant pour s'enfoncer en elle.

— C'est tellement bon..., lâcha Sebastián dans un soupir.

Attrapant un oreiller, il le plaça sous sa tête, afin de mieux contempler Anna.

Elle sentait ses fesses glisser sur les cuisses musclées de son amant, et il la prit par la taille, avant de la relâcher.

— Aide-moi..., gémit-elle.

Car elle avait besoin de sa poigne énergique pour lui imprimer les mouvements qui les mèneraient tous deux à l'extase.

— Non..., murmura-t-il, viens... Toi !

Sebastián posa ses mains à plat sur le lit, de part et d'autre des jambes d'Anna, se refusant à faire ce dont il avait tant envie – et c'était comme s'il s'infligeait une torture à lui-même. Il voulait que ce soit Anna qui aille chercher son plaisir en l'attirant de plus en plus profondément en elle.

Glissant les doigts dans les longues mèches blondes, titillant les tétons durcis entre pouce et index, il s'employa à tout ce qui lui permettrait d'attendre qu'elle soit prête à jouir.

Anna serra les paupières, tandis que Sebastián reprenait ses caresses. Elle avait l'impression que son corps ne pouvait plus absorber ce surcroît de jouissance. Ses cuisses crispées étaient recrues de fatigue, et elle retint un sanglot de frustration – à moins que ce ne fût un cri de plaisir.

Alors, il laissa ses mains glisser le long de ses flancs pour l'empoigner fermement par les hanches. Puis, il se mit à aller et venir en elle sur un rythme qu'Anna n'aurait jamais trouvé seule.

Les gémissements inarticulés qui franchissaient ses lèvres ne firent qu'accentuer la pression des grandes mains de Sebastián. Jusqu'au moment où il s'immobilisa, et où Anna sentit un dernier puissant estoc tandis qu'il se déversait au tréfonds de son être.

La plainte rauque dont Sebastián accompagna sa jouissance fut si intense qu'Anna en demeura pétrifiée, et elle ferma les yeux pour mieux éprouver les pulsations du plaisir qui la terrassait à son tour, alors qu'il finissait de palpiter en elle.

— Voilà, fit-il d'une voix sourde en la faisant allonger à côté de lui, c'est pour cela que je suis revenu de Jerez.

Anna lâcha un petit rire étouffé.

— Eh bien, tu peux partir, maintenant, répliqua-t-elle en se redressant pour prendre la bouteille d'eau sur la table de chevet.

Puis, se tournant vers lui, elle ajouta d'un ton espiègle :

— Oh ! pardon, j'oubliais que nous sommes chez toi.

Il prit un air faussement indigné, et Anna s'émerveilla qu'ils plaisantent de la sorte après ce qu'ils avaient partagé.

— Oui, et tu n'as pas tout vu, répliqua-t-il en actionnant une télécommande. Regarde !

Au-dessus d'eux, le plafond s'ouvrit, et ils se retrouvèrent sous le ciel étoilé. Les yeux écarquillés, Anna songea que cette nouvelle nuit était encore plus magique que la précédente.

— Quelle heure est-il ?

Le soleil qui entrait à flots dans la cabine avait eu raison du sommeil d'Anna. Elle ouvrit les yeux pour découvrir Sebastián occupé à tirer les rideaux sur l'éblouissement de la mer d'azur.

— Midi, répondit-il. Nous ne nous sommes pas endormis avant l'aube. Le petit déjeuner est servi.

— Tu veux dire le déjeuner ?

— Tu oublies que nous vivons à l'heure espagnole !

Anna se leva pour aller ramasser sa robe sur le sol. Sebastián esquissa une moue.

— Tu ne vas quand même pas remettre ça ? s'enquit-il.

— Je ne vois pas ce que je porterais d'autre, répliqua Anna avec une grimace ironique. C'est tout ce que j'ai ici.

— Va te doucher. Mon personnel s'occupera de ta robe, et je vais trouver une chemise à te prêter.

Lorsque Anna sortit de la salle de bains, une chemise était effectivement posée sur le lit. Sa robe, ainsi que ses sous-vêtements avaient disparu. Ce fut en tirant précautionneusement sur le vêtement, pour être certaine de dissimuler son postérieur, qu'elle monta sur le pont. Le capitán Dante prenait le café avec Sebastián et il se leva à son approche, répondant à son salut par un large sourire.

— *Buenos días*, dit-il aimablement.

Affreusement mal à l'aise, Anna se hâta de s'asseoir et de glisser ses jambes sous la table. Un serveur remplit sa tasse de café avant qu'elle n'en ait exprimé le désir, et Sebastián le congédia de la main.

— Qu'est-ce qui ne va pas ? lui demanda-t-il.

Anna lui jeta un coup d'œil embarrassé, avant de répondre :

— Tout le monde sait que j'ai passé la nuit ici. Au moins, à l'hôtel, c'était plus discret !

Une fois qu'ils eurent achevé le petit déjeuner, ils allèrent s'installer sur des chaises longues.

— Tu peux te mettre nue, déclara Sebastián comme elle tirait sur les pans de la chemise. Ça ne gênera personne.

— Ça me gênera, moi ! Les membres de ton équipage sont certainement habitués à ce genre de spectacle, mais je refuse de m'exposer à leurs regards.

Peu à peu, allongée au soleil, Anna finit par se détendre. Paupières closes, elle se laissa bercer par le bruit des vagues. Elle n'ouvrit les yeux qu'en entendant la voix de Sebastián.

— C'est bon, donnez-le-moi.

Il lui tendit un petit sac rose aux anses de soie, contenant un minuscule bikini doré. Anna se demanda si elle avait été transportée dans un univers magique où il suffisait de vouloir quelque chose pour que l'objet se matérialise.

— Oh ! merci, souffla-t-elle, touchée qu'il ait remarqué son malaise.

Sebastián lui tendit la culotte qu'elle enfila par-dessous la chemise. Puis ce fut le haut dont Anna attacha les cordons sur sa nuque. Il leva les yeux au ciel lorsque, plaquant le soutien-gorge à sa poitrine, elle lui fit signe de le nouer dans son dos.

— Tu te sens mieux ? s'enquit-il tandis qu'elle reprenait place sur la chaise longue.

— Beaucoup mieux ! répondit Anna. J'ai appelé Emily. Je lui rendrai visite en fin d'après-midi.

— Est-ce que tu as aussi parlé à ta fille ?

— Oui. Elle s'amuse bien avec ses grands-parents.

Anna jugea inutile d'entrer dans les détails. Sebastián avait seulement cherché à se montrer poli.

Replaçant les lunettes noires sur son nez, Sebastián leva les yeux vers le ciel d'un bleu pur. Il repensa à une autre occasion où il avait paressé ainsi au soleil, en Corse, auprès d'Ella. Sans la même sérénité cependant... Mais il avait besoin d'en apprendre un peu plus sur Anna.

— Est-ce que le père de Willow t'aide un peu ? demanda-t-il tout à trac.

— Non.

— Et est-ce qu'il voit sa fille ?

— Non plus.

Retirant ses lunettes, Sebastián se tourna vers Anna.

— Est-ce vraiment parce que tu étais enceinte que tes parents t'ont fermé leur porte ? insista-t-il.

— Oui, ils étaient persuadés que c'était à la suite d'une aventure d'un soir.

— Il fallait bien mal te connaître !

La surprise fit cligner Anna des yeux.

— Tu oublies que c'est ce que j'ai accepté avec toi, objecta-t-elle.

— Je n'oublie pas non plus que j'ai dû faire usage de tous mes talents de séducteur – qui ne sont pas minces – pour te convaincre. Et ce, bien que nous ayons ressenti une attirance mutuelle au premier regard. En ce qui me concerne, je t'ai désirée à la seconde où je t'ai vue.

Anna sembla s'absorber dans le souvenir de leur rencontre, mais Sebastián revint à la charge.

— Donc, reprit-il, ta relation avec le père de Willow avait duré quelque temps ?

— Pas vraiment, reconnut finalement Anna.

À ce jour, elle n'avait jamais rien confié de cette histoire à personne. Même pas à Emily.

— J'avais tout juste vingt et un ans, et j'étais incroyablement naïve. C'était un professeur, invité temporairement à l'université où j'étudiais.

— Il aurait pu se dispenser de séduire une étudiante !

Constatant que la désapprobation exprimée par Sebastián ne lui était pas destinée, Anna éprouva un sentiment tout à fait inhabituel : pour la première fois, elle n'avait pas besoin de se défendre face à des accusations. Il prenait parti pour elle !

— Lorsque je lui ai annoncé que j'étais enceinte, il s'est mis dans une colère folle, poursuivit-elle. Il m'a insultée, et...

Regardant Anna qui ouvrait puis fermait la bouche, Sebastián comprit tout le mal qu'elle avait à se confier. Peut-être devrait-il agir comme elle l'avait fait avec Carmen ? Si lui-même se livrait à quelques aveux, qui sait si cela ne l'aiderait pas à parler ?

— Est-ce qu'il s'était servi de préservatifs quand vous faisiez l'amour ? questionna-t-il.

— Non, jamais.

— Alors, je ne vois pas de quel droit il était en colère. Moi-même, quand Ella m'a annoncé sa grossesse, j'ai pris les choses avec calme. Et pourtant, j'avais toujours été très prudent puisque je ne veux pas d'enfant. Je ne fais jamais l'amour sans protection.

— J'imagine que tu as quand même dû être contrarié ?

— Oui, mais j'ai pris garde à ne pas le montrer. J'ai supposé qu'elle devait être suffisamment bouleversée. Quand elle m'a montré l'échographie, je n'ai pas crié, ni protesté. Je me suis dit que ce genre de chose arrivait, voilà tout.

Retenant sa respiration, Anna attendit la suite.

— Je n'étais pas amoureux d'Ella, poursuivit Sebastián, mais j'étais décidé à mieux me comporter avec cet enfant que mes parents ne l'avaient fait avec les leurs. Je ne voulais pas agir comme Maria. Même si je sais pertinemment que je peux me montrer aussi froid et égoïste qu'elle.

— Non ! s'exclama Anna, secouant la tête avec véhémence.

— Oh ! si… Ce qui compte le plus, dans ma vie, c'est mon travail. Et je n'ai jamais eu l'intention de lier mon sort à qui que ce soit. Mais lorsque j'ai découvert que j'allais être père…

— Tu as proposé d'épouser Ella ?

— Oui. Une sorte de réflexe… Ça n'aurait jamais marché entre nous. Puis…

Il jeta un coup d'œil en direction d'Anna, avant de lâcher :

— Tu connais la suite. Tous les journaux l'ont relatée.

— Je veux l'entendre de ta bouche.

— Nous nous sommes disputés. Ici, sur le yacht. Ella buvait en cachette, et Dante m'avait informé que des bouteilles disparaissaient. Quelque temps après, elle m'a annoncé avoir perdu l'enfant.

Levant la tête, pour planter son regard dans celui d'Anna, il ajouta :

— Sauf qu'il n'y avait jamais eu de bébé.

— Et cette échographie qu'elle t'avait montrée ?

— Il paraît que ça s'achète facilement sur Internet.

— Elle te mentait depuis le début ?

— Un jour où elle était sur le bateau, avec une amie, l'un des membres de l'équipage l'a entendue rire en disant qu'elle s'était bien moquée de moi. J'ai des relations suffisamment amicales avec mes employés pour qu'il ait eu envie de me mettre en garde.

Un instant, Anna demeura muette, puis elle demanda :

— Pourquoi n'as-tu pas fait savoir ce qu'il en était ? Publiquement, je veux dire.

— Je me moque de l'opinion d'autrui. Et je ne me suis pas gêné pour dire à Ella ce que je pensais d'elle.

— À ta place, je l'aurais crié sur les toits.

Sebastián soutint son regard quelques secondes, puis il conclut :

— Non ! Ce n'est pas facile de divulguer ce qui vous a réellement blessé.

Tendant une main vers Anna, Sebastián fit passer derrière son oreille une mèche de cheveux qui lui barrait le front. S'il se livrait à ce geste tendre, c'était dans le but d'adoucir la portée de la question qu'il se préparait à poser. Même s'il n'avait aucun doute sur ce que serait la réponse.

— Tu savais que cet homme était marié ? dit-il.

— Bien sûr que non ! se récria Anna.

Soudain, elle s'écarta, effarouchée.

— Comment le sais-tu ? souffla-t-elle.

— Parce que, sinon, tu n'aurais pas gardé le secret...

Lorsque Anna fondit en larmes, Sebastián songea qu'il n'avait toujours pas de mouchoir à lui offrir. Il lui tendit la chemise qu'elle avait quittée.

Ainsi, Sebastián avait deviné, songea Anna. Au fond, il ne la connaissait pas si mal que ça.

— Il disait que j'allais mettre sa carrière en péril, pas seulement son couple...

Le mot que cracha Sebastián fit ciller Anna.

— Ne dis pas cela ! s'exclama-t-elle.

— C'est un terme que je n'emploie que pour un certain type d'individus. Il me semble parfaitement approprié. Continue.

— Il m'a donné de l'argent pour que j'avorte, en me disant de régler le problème.

— Tu l'as informé que tu gardais l'enfant ?

— Oui, mais il ne veut rien avoir affaire avec elle.

— Pourquoi n'as-tu rien dit à tes parents ?

— J'ai trop honte ! Et puis, je ne veux pas que Willow soupçonne la vérité. Je lui ai juste dit que ça n'avait pas marché entre son père et moi. Petit à petit, je crains qu'elle ne pose davantage de questions. Comment vais-je lui dire que son père a une autre famille, qu'il ne veut pas d'elle ?

Anna demeura silencieuse un long moment. Sebastián l'avait écouté attentivement, mais qu'aurait-il pu suggérer qu'elle n'ait déjà envisagé ?

— Tu ferais mieux de te débarrasser de ce sentiment de honte avant de lui parler, se contenta-t-il d'avancer.

Ce n'était pas une mauvaise idée, se dit Anna. Elle s'essuya le visage avec la chemise, avant de lever les yeux vers Sebastián.

— Si seulement il avait rompu de façon moins affreuse ! souffla-t-elle.

Sebastián se sentit soudain un peu mal, à l'idée qu'il lui était souvent arrivé de rompre sans y mettre les formes. Combien de fois avait-il brutalement coupé toute relation avec une femme simplement parce qu'elle s'immisçait trop dangereusement dans sa zone de confort ?

— Même s'il ne voulait pas de nous dans sa vie, reprit Anna, j'aurais tellement aimé que notre histoire ne se termine pas en conflit.

Elle prit une profonde inspiration, puis ajouta :

— Je suis désolée de ce qui t'est arrivé.

Haussant les épaules, Sebastián déclara :

— Ce n'est pas si grave. Ça apprend à vivre...

Mais il s'interrogea : au fond, ses éphémères fiançailles lui avaient peut-être donné la pire des leçons qui soit.

Elles lui avaient appris à ne plus jamais faire confiance.

9

— Salut !

Avec un grand sourire, Sebastián accueillit sur le pont une Anna aux cheveux en bataille, clignant des yeux devant la vive clarté du soleil.

Elle avait enfilé l'un de ses T-shirts qui lui descendait à mi-cuisses, n'ayant probablement pas encore découvert ses propres vêtements dans la penderie de la cabine, car il avait demandé qu'on les apporte de l'hôtel.

Sebastián reporta son attention sur le portable ouvert devant lui, mais prit le temps de demander :

— Est-ce que tu veux déjeuner ? Ou préfères-tu m'attendre ? Je n'en ai plus pour longtemps.

Anna remua silencieusement les lèvres pour faire comprendre qu'elle ne pouvait répondre s'il était en ligne.

— Anna, je ne faisais que te proposer de prendre ton petit déjeuner, déclara Sebastián quand il eut terminé.

— Tu sais très bien que je ne veux pas qu'on se doute de quelque chose.

L'insistance qu'Anna mettait à garder le secret sur leur relation commençait à agacer Sebastián. Cependant, il n'avait nulle intention de la contrarier, aussi se contenta-t-il de la couvrir de baisers, et de la pourchasser en riant lorsqu'elle lui échappa.

Reprenant sa respiration après cette poursuite, Anna se tourna vers l'endroit du pont où était fixé un toboggan gonflable plongeant directement dans la mer.

—À quoi ça te sert ? s'enquit-elle.

La gratifiant d'un sourire en coin, Sebastián plaisanta :

— C'est comme en avion. Pour évacuer en cas d'urgence.

— Nous ne sommes pas dans un avion, que je sache.

S'avançant vers elle d'un air faussement menaçant, Sebastián s'écria :

— Évacuation immédiate !

Cela faisait bien longtemps qu'Anna ne s'était pas amusée de la sorte. Du coup, elle ne se fit pas prier pour s'enfuir de nouveau à toutes jambes, riant aux éclats, et poussant des cris perçants quand il la rattrapa et la souleva du sol.

— Non ! Lâche-moi ! s'égosilla-t-elle, comme il l'emportait vers le bord du yacht.

Elle continua à hurler – entre rires ravis et cris de peur – quand il la lança sur le toboggan et qu'elle glissa jusqu'à la mer étale avant de s'y enfoncer.

La suivant de près, Sebastián l'attrapa par la taille pour remonter avec elle à la surface. Anna se cramponna à lui. Mais, tandis qu'elle nouait ses jambes aux hanches de Sebastián, elle sentit une terreur bien réelle s'emparer d'elle : la peur que son sort soit déjà trop étroitement lié à cet homme.

Comment contenir le tumulte qui faisait rage en elle ? Comment accepter que le bonheur que Sebastián lui offrait ait une fin programmée ?

Parle ! lui intima une petite voix intérieure. *N'attends pas.*

— Sebastián ? commença-t-elle. Je crois que...

Il l'interrompit.

— Tu as envie qu'on recommence ?

Était-il incapable de lire dans son regard ou voulait-il éviter qu'elle ne prononce des paroles qu'il se refusait à entendre ? Anna était certaine que cette option était la bonne.

— Non, fit-elle, refusant de réitérer l'expérience sur le toboggan. Une fois m'a suffi.

Elle remonta l'échelle avec des jambes flageolantes, moins à cause de l'excitation de la glissade que de ce qu'elle avait été à deux doigts d'avouer – et surtout de la prise de conscience que pareil aveu était indésirable.

— Il faut que j'aille rendre visite à Emily, déclara-t-elle une fois qu'ils eurent regagné le pont.

— Bien sûr, répondit Sebastián. Je vais demander à Dante de nous ramener à quai.

Une fois qu'elle eut pris une douche pour se débarrasser du sel sur sa peau, Anna jeta un coup d'œil aux vêtements qui lui avaient été apportés de l'hôtel – ceux que Carmen lui avait fait envoyer après leur journée de shopping. Néanmoins, elle préféra enfiler de nouveau la jupe longue et le corsage en toile légère qu'elle avait portés pour son voyage depuis l'Angleterre. Comme si elle cherchait à retrouver l'Anna habituelle, celle qui était suffisamment raisonnable pour savoir que toute cette histoire était promise à finir.

Ensuite, elle appela Willow.

— Encore trois dodos, maman ! s'exclama celle-ci, avec une pointe d'accent écossais.

— Oui, ma chérie ! Seulement trois avant que je te retrouve.

Anna sentit la panique la gagner. Cela signifiait qu'il ne lui restait plus que deux nuits à passer avec Sebastián – le samedi soir serait consacré à la petite fête à bord. Ces quelques jours étaient passés en un éclair.

Lorsque Anna rejoignit Sebastián sur le pont, il était à nouveau devant son ordinateur. Prenant congé de la personne avec laquelle il s'entretenait, il se tourna vers elle.

— J'y vais, déclara-t-elle. Je m'arrêterai à l'hôtel.

Dante les rejoignit.

— Carmen vient de monter à bord, déclara-t-il. Elle est en train de discuter avec le steward.

Lorsque le capitaine les eut quittés, Sebastián fit face à Anna.

— Inutile d'avoir cet air catastrophé, lui dit-il. Carmen t'a consacré une journée. Je n'ai qu'à dire que c'est mon tour.

— Hors de question ! Je vais aller attendre dans la cabine.

Anna eut beau déguerpir aussi vite qu'elle le put, elle n'en entendit pas moins le soupir de Sebastián.

Ce n'était pas seulement l'attitude d'Anna qui faisait soupirer Sebastián.

— Tu pourrais quand même t'annoncer ! lança-t-il à sa sœur d'un ton irrité. J'aurais pu ne pas être seul.

— Comme si je n'avais pas l'habitude de te trouver en galante compagnie, protesta Carmen. C'est bien à ça que te sert ce bateau, non ?

Pas depuis le mariage, songea Sebastián.

Depuis lors, il avait eu l'esprit trop occupé pour emmener une nouvelle conquête sur son yacht. C'était en anglais qu'il avait formulé cela dans sa tête. Cette pensée le fit sourire.

— Je ne vois pas pourquoi tu souris, lança sèchement Carmen. Cette journée de samedi me terrifie à l'avance. En plus de tout le reste, j'ai quelque chose à dire à papá.

Sebastián attendit qu'elle s'exprime, mais elle s'était murée dans le silence.

— Carmen ? la relança-t-il.

— Je n'ai pas envie d'en parler avec toi, répondit-elle. C'est avec lui que j'ai besoin de le faire. Mais Maria ne le quitte pas d'une semelle. Ça m'horripile qu'il ait accepté son retour.

Sa sœur s'étant à nouveau rembrunie, Sebastián se passa une main sur le visage. Au fond, le seul membre de la famille pour lequel il avait cessé de se faire du souci, c'était Alejandro. Pourtant, son bébé était toujours en soins intensifs...

N'était-il pas ironique qu'il puisse penser que son frère n'avait pas besoin de sa sollicitude en dépit de l'épreuve qu'il traversait ? Puis, la raison de cela lui sauta aux yeux : Alejandro aimait, lui, et il était aimé.

Alors que lui-même n'osait pas s'y risquer.

— Carmen, tu peux te confier à moi, reprit-il d'un ton grave. Je comprends...

— Non, tu ne peux pas comprendre ! l'interrompit Carmen. Ce n'est pas toi qu'elle a abandonné quand tu n'étais encore qu'un nouveau-né.

Certes, songea Sebastián, il était âgé de dix ans à l'époque. Mais combien de fois avait-il vu Maria faire ses valises avant ce jour-là ? Il savait très bien ce que cela faisait d'entendre Maria de Luca vous assurer qu'elle était votre *mamá* et qu'elle serait toujours là pour vous, avant de tourner les talons.

Ce qui le terrifiait, par-dessus tout, c'était l'idée qu'il était peut-être aussi froid que cette femme, aussi incapable de s'engager, de se soucier d'autre chose que de sa réussite...

— Pourquoi ne dis-tu rien ? demanda-t-il à Carmen. Je suis là, moi. Je t'écoute.

Elle secoua la tête.

— Non, je n'ai pas le temps. Il faut que j'aille chercher Anna. Alejandro et Emily m'ont demandé de la sortir à nouveau. Ils se sentent coupables de lui gâcher ses vacances.

— Ils ne sont pas responsables de la naissance prématurée de leur fille !

— C'est vrai. Mais Anna n'a pratiquement pas pris de temps pour elle depuis la naissance de Willow. Elle m'a confié qu'elle n'avait pas eu un seul petit ami depuis le père de sa fille. En tous les cas, elle est en train de reprendre goût à la vie. Et de retrouver confiance en elle. Même si elle ne cherche pas à se caser pour l'instant.

— Pourquoi « pour l'instant » ? C'est dans ses projets ?

— Plus ou moins, me semble-t-il. Elle a clairement l'intention de donner des frères et sœurs à Willow.

Enfin, Carmen se décida à partir, laissant Sebastián seul sur le pont, perdu dans ses pensées. Était-ce grâce à lui qu'Anna retrouvait confiance en elle ? Il l'avait vu changer de jour en jour, comme un papillon émergeant de sa chrysalide.

Samedi, le papillon s'envolerait.

Cette pensée était plus douloureuse qu'elle ne l'aurait dû.

Il descendit rejoindre Anna dans la cabine.

— Carmen est partie, annonça-t-il. Mais elle a l'intention de passer te chercher au bungalow pour que vous sortiez ensemble.

— Je suis désolée de me comporter de façon aussi lamentable, s'excusa Anna. C'est juste que...

— Je sais. Tu ne veux pas que notre relation s'ébruite.

— Pas dans la mesure où elle ne mène à rien.

— Anna, comment pourrait-il en être autrement ? Nous étions d'accord, tous les deux, pour que notre liaison ne dure pas davantage que ton séjour ici.

Sebastián était fermement décidé à ce que ni lui ni Anna n'oublient cette réalité.

Il valait mieux que leur histoire s'arrête là !

Demain, sa famille arriverait. Anna et lui feraient mine de ne presque pas se connaître.

Il était temps qu'il finisse par se résoudre à ce qu'il savait faire à la perfection : rompre sans ménagement !

— Tu avais accepté le deal, non ? reprit-il.

— Le deal ? entendit-il Anna répéter dans un souffle, tandis qu'il tournait les talons.

10

— Où est Carmen ? demanda José.

Sebastián haussa les épaules.

— Elle ne va certainement pas tarder, répondit-il. J'ai dit à tout le monde qu'on se retrouverait à 16 heures.

En réalité, il avait convoqué sa sœur une heure plus tard afin d'avoir un peu de temps avec leur père.

Il s'efforça de ne pas se tourner en voyant, du coin de l'œil, qu'Anna faisait son entrée. Vêtue d'une robe bain de soleil parme, elle était chaussée des sandales plates qu'elle portait à son arrivée, et avait relevé ses cheveux. Les lunettes noires étaient peut-être nécessaires, songea Sebastián, car la soirée qu'elle avait passée avec Carmen s'était prolongée très tard – presque jusqu'au petit matin, avait-il constaté sur le réseau social où sa sœur postait des informations.

Cependant, lorsque Anna ôta ses lunettes, aucun cerne n'altérait la beauté des grands yeux verts qu'elle promena sur leur petit groupe, s'arrêtant sur lui un bref instant.

Elle s'avança et il la gratifia d'un sourire insignifiant, puis laissa son frère se charger des présentations.

— Vous vous souvenez d'Anna, n'est-ce pas ? dit celui-ci, à l'intention de leurs parents.

— Bien sûr, acquiesça José. Vous êtes l'amie d'Emily.

Son anglais était hésitant, et il s'en tint là.

— Exactement, répondit Anna en souriant. J'imagine que vous êtes impatients de rencontrer votre petite-fille ?

— Oh ! oui, nous sommes tout excités ! roucoula Maria.

— Vous ne pourrez la voir qu'à travers une glace, prévint Sebastián. Et seulement si elle va bien.

José pressa la main de Maria.

— Ce n'est pas grave, dit-il. Tout ce qui nous importe, c'est de la voir.

Sebastián se rembrunit. Voir Maria jouer les grands-mères gâteau le mettait hors de lui. Il interpella son père :

— *Papá*, j'aimerais aller marcher un moment avec toi. Il faut que je te parle de nos affaires.

— Est-ce que nous ne pourrions pas nous occuper seulement de la famille, par un jour pareil ? objecta Alejandro.

— Je suis désolé, rétorqua Sebastián, mais le monde ne s'est pas arrêté de tourner parce que ta fille est née.

Peu importait, songea Sebastián, que sa famille continue à le considérer comme un épouvantable rabat-joie. Il avait besoin d'un moment en tête à tête avec son père, et le travail était la meilleure des excuses.

Habitué aux tactiques de son fils aîné, José le dévisagea attentivement dès qu'ils furent à l'extérieur.

— Qu'est-ce qui ne va pas ?

Entraînant José vers une terrasse de café, Sebastián le fit asseoir en face de lui et commanda deux expressos.

— C'est Carmen, répondit-il. Elle a besoin de te parler. Mais elle n'ose pas. Elle n'est pas certaine de poursuivre dans l'équitation.

José frappa la table du plat de la main.

— Balivernes ! s'exclama-t-il. Elle adore les chevaux.

Sebastián s'inclina vers son père.

— Écoute-moi bien, *papá*, martela-t-il. Carmen a surtout besoin de ton amour. Et de l'assurance que tu la soutiendras toujours.

— Pas cette fois ! s'insurgea José. Pourquoi, diable, abandonnerait-elle une carrière où elle réussit aussi bien ?

Tournant la cuillère dans sa tasse, Sebastián écouta son père.

Tout au long de l'enfance et de l'adolescence de sa sœur, il avait souvent servi de tampon entre celle-ci et leur père.

— Il est temps de rentrer, finit-il par dire. Mais ne laisse pas supposer à Carmen que…

— D'accord, d'accord ! Elle n'en saura rien.

Lorsqu'ils regagnèrent l'hôtel, les voitures attendaient. Carmen avait fini par arriver en protestant qu'on lui avait donné rendez-vous à 17 heures. Anna se tenait un peu à l'écart, et Alejandro prit soin de la faire monter dans un autre véhicule que celui où s'installait Sebastián.

Bien des raisons rendaient cette journée difficile. Cependant, ce fut un moment très heureux quand ils se retrouvèrent devant la vitre, à l'hôpital, contemplant la nouvelle venue dans la famille. La couveuse avait été rapprochée autant qu'il était possible, et Sebastián ne put manquer l'exclamation de ravissement de son père.

Même Maria, chez qui la fibre maternelle n'avait jamais existé, lâcha un sanglot d'émotion.

— Oh ! *bebita*, soupira-t-elle. Comme elle est petite ! Mais il va falloir lui donner un prénom, Alejandro.

— Je crois que c'est déjà fait, intervint Sebastián.

Car son regard avait été attiré par la petite courtepointe posée sur la couveuse, ainsi que sur la délicate broderie où se lisait la date de naissance de la fillette, et son nom : *Josefa Romero Jacobs.* Josefa, pour José, expliqua Alejandro.

— C'est Anna qui a réalisé la courtepointe, précisa Emily. Elle y a travaillé des mois, et elle a eu la gentillesse de compléter les broderies pendant qu'elle était ici.

Sebastián comprenait enfin ce qu'Anna lui avait dissimulé avec obstination. S'il s'était écouté, il l'aurait prise par les épaules pour la serrer contre lui et la complimenter. Mais il se força à demeurer immobile.

Emily annonça à son beau-père qu'Alejandro avait renoncé à prendre le bébé dans ses bras, ce jour-là, pour lui laisser la place. À lui seul.

— Oh ! souffla Maria, tout excitée, est-ce que je peux la tenir, moi aussi ? Juste un petit câlin ?

Sebastián ne put se retenir, et il fit volte-face.

— On t'a dit *papá* seulement, martela-t-il.

Anna n'avait pu s'empêcher de ciller en entendant le ton impératif sur lequel Sebastián s'était opposé à sa mère.

Il n'avait pas crié, mais il était clair qu'il n'accepterait aucune discussion. Comme, la veille, lorsqu'il lui avait brutalement signifié que tout était fini entre eux. Que le moment était venu…

Laissant le grand-père profiter de sa petite-fille, entouré de son fils et de sa belle-fille – ainsi que de l'inévitable Maria –, Anna, Carmen et Sebastián allèrent en salle d'attente.

Carmen avait toujours le plus grand mal à accepter la présence de sa mère.

— Oh ! *bebita*, répéta-t-elle en singeant celle-ci. Je ne suis pas sûre qu'elle ait été autant bouleversée en me voyant, *moi*.

— Carmen ! lâcha sèchement Sebastián. Essayons de passer une soirée agréable, veux-tu ? Je vais prévenir Dante que nous ne tarderons pas.

Carmen quitta la pièce pour aller faire les cent pas dans le couloir, et Sebastián rédigea un SMS sur son téléphone. Une fois qu'il l'eut rangé, il se tourna vers Anna.

Après la façon dont les choses s'étaient terminées entre eux, elle ne savait trop comment se comporter.

— Comment s'est passée ta soirée ? s'enquit-il.

— Très bien ! répondit sèchement Anna.

Mais quand ses yeux rencontrèrent ceux de Sebastián, ils se remplirent de larmes, car Anna détestait la mesquinerie contenue dans tout acte de vengeance. Or, de quoi s'était-il agi, la nuit précédente, sinon d'une vengeance ?

S'en tenant à ne consommer que de l'eau gazeuse, elle avait ri et dansé comme une écervelée de vingt ans, s'amusant follement dans une boîte de nuit de Puerto Banús. Dire qu'elle aurait mille fois préféré se rouler en boule dans sa chambre, et pleurer toutes les larmes de son corps !

Anna fit le chemin de retour dans la voiture d'Alejandro et Emily. Sur la jetée, ils se dirigèrent en groupe vers le bateau. Maria tenait la main de son mari. Alejandro et Emily, eux aussi, avançaient main dans la main, et Carmen avait le nez sur son portable. Sebastián marchait seul, en tête.

Malgré le souvenir cuisant de leur séparation, Anna mourrait d'envie de le rejoindre. Elle n'ignorait pas à quel point cette soirée était difficile pour lui.

Le yacht n'avait jamais autant resplendi. Toutes les surfaces étaient éclairées par une douce lumière rosée.

— *Bienvenido a bordo, señor Romero.*

Ce fut très chaleureusement que Dante accueillit José, dont c'était le retour à bord. Puis, le capitaine se tourna vers les femmes et les pria de retirer leurs chaussures.

Pour l'occasion, Anna était redevenue juste *« señorita Douglas »*, et elle obtempéra, la gorge nouée, en se souvenant de toutes les fois où Sebastián s'était chargé de cette opération.

Il fallut que Dante rappelle Maria à l'ordre – avec toute l'amabilité dont il savait si bien faire preuve –, et elle s'exécuta en lui lançant un regard assassin.

Sur le pont supérieur, la décoration était un enchantement. De petits bouquets de fleurs roses alternaient avec des bougies de la même couleur, et les bouchons de champagne commencèrent à sauter joyeusement. L'arrivée de la petite Josefa était célébrée comme il convenait !

Certes, songea Anna, l'équipage avait déployé ces trésors d'organisation. Mais elle savait que c'était sous la direction de Sebastián, et elle n'ignorait rien de ses efforts.

Une fois que tout le monde eut trinqué à la santé du bébé, Alejandro distribua des faire-part illustrés d'adorables photos de Josefa. Submergée par une émotion qu'elle craignait de ne plus pouvoir contenir, Anna s'éloigna. La perspective de son départ, maintenant si proche, la mettait au bord des larmes. Et puis, il y avait eu cette affreuse séparation avec Sebastián...

Elle était accoudée au bastingage, admirant la lune qui montait dans le ciel constellé d'étoiles, lorsqu'elle entendit la voix de Carmen, derrière elle.

— Je suis très sérieuse ! martelait celle-ci. J'envisage de faire un break. Peut-être pour voyager quelque temps...

— Tu plaisantes ! protesta Alejandro. Les chevaux, ça a toujours été ta passion, non ?

— Et pourquoi arrêter maintenant ? s'interposa Sebastián. Une championne comme toi ne peut rester au sommet de son art qu'un court laps de temps.

Anna se retourna vers le groupe. À quoi, diable pouvait bien jouer Sebastián en montrant pareille sévérité ?

— Allons, les garçons, intercéda José, si Carmen a besoin d'un break, libre à elle ! Quoi qu'elle décide, nous la soutiendrons.

— *Papá !* s'écria Carmen dans un éclat de rire.

Elle se leva pour aller embrasser son père. Anna sourit en voyant qu'il l'attirait sur ses genoux.

Pour une fois, la famille était rassemblée dans une atmosphère joyeuse, et Anna s'autorisa à prendre discrètement une photo. Emily lui avait toujours dit qu'il n'en existait aucune les montrant tous ensemble.

La soirée se termina bien plus vite qu'elle ne l'aurait souhaité. Dante distribua un petit cadeau à chacun, en souvenir. C'étaient de petites poupées en plastique représentant des danseuses de flamenco.

— De vrais colifichets pour touristes ! railla Maria. C'est toi qui as choisi ça, Alejandro ?

— Non, c'est moi, déclara sèchement Sebastián. Alejandro avait d'autres chats à fouetter. Mais j'admets que je ne suis pas très calé en organisation d'une fête pour bébé.

Il soutint le regard d'Anna. Ce cadeau était exactement ce qu'il fallait pour Willow, et elle se demanda s'il l'avait choisi à dessein.

Les au revoir furent échangés avec moult effusions. José serra Alejandro et Emily sur son cœur, et Maria ne fut pas en reste. Mais, si Sebastián embrassa affectueusement son père, il s'arrangea pour tourner la tête au moment où sa mère s'apprêtait à en faire autant avec lui, de sorte qu'elle manqua sa joue. Ce qui n'échappa ni à Maria ni à Anna.

— À très bientôt, Anna ! lança Carmen en étreignant sa nouvelle amie. Je viendrai peut-être te rendre visite en Angleterre. Nous ferons la fête, toutes les deux !

Enfin, le moment arriva pour Anna de prendre congé de Sebastián. Comment allait-elle s'y prendre ? Elle était bien incapable de le dire. La sonnerie de son téléphone la sauva temporairement.

Tandis qu'elle bavardait avec une Willow manifestement impatiente de la retrouver, Anna entendit Sebastián assurer à son frère et à sa belle-sœur qu'il prendrait soin de la raccompagner à l'hôtel. Tous deux pouvaient regagner l'hôpital et se consacrer à leur bébé.

— N'oublie pas de lui dire que nous prendrons le petit déjeuner avec elle avant son départ, insista Emily.

— Bien sûr.

De la main, Anna fit au revoir à son amie, et poursuivit sa conversation.

L'équipage avait entrepris de faire du rangement, mais elle vit Sebastián échanger quelques mots avec eux, et tout le monde s'éclipsa. Lorsque Anna réussit à dire bonne nuit à Willow, le bateau était redevenu incroyablement silencieux.

— Enfin, un peu de paix, dit Sebastián.

— Je reconnais que c'était plutôt bruyant, admit Anna.

— Non, corrigea-t-il. Je voulais parler de paix entre nous. Franchement, on est capable de faire mieux qu'hier soir, toi et moi, tu ne crois pas ?

Elle se contenta d'opiner d'un mouvement de tête.

Sebastián lui servit une coupe de champagne, et ils s'installèrent sur l'un des canapés pour entamer une conversation un peu malaisée. De toute évidence, songea Anna, il n'était facile ni pour l'un ni pour l'autre de passer à une relation amicale.

Ensemble, ils évoquèrent les différents épisodes de la journée – Anna ne comprenait toujours pas les raisons qui avaient poussé Sebastián à s'opposer avec tant de véhémence aux desseins de sa sœur, mais elle préféra passer outre.

Puis, elle se décida à conclure la plus belle semaine de sa vie avant que l'émotion la submerge, et qu'elle finisse en larmes. Plantant son regard dans celui de Sebastián, elle déclara :

— Je te remercie, Sebastián. Pour tout... Grâce à toi, j'ai passé un merveilleux séjour.

Marquant une pause, elle le gratifia d'un sourire en coin, avant de reprendre :

— Enfin, à part hier soir... Je regrette vraiment que nous nous soyons quittés si froidement.

— Moi aussi. Mais qui sait si nous n'aurons pas d'autres occasions de nous retrouver ? Il m'arrive d'aller en Angleterre, de temps en temps. Je pourrais peut-être te faire signe, non ?

— Je ne sais pas...

Sebastián secoua la tête.

— Non, bien sûr, dit-il. Ce n'est pas ce que tu attends de l'avenir. Et tu as raison. Willow ira bientôt à l'école. Tu vas pouvoir entamer la carrière dont tu rêves. À quoi, diable, te serviraient des escapades occasionnelles avec un amant espagnol ?

Désespérée, Anna songea que Sebastián aurait tout aussi bien pu écrire sur la table, devant eux, en lettres capitales : « Je ne veux pas de ton amour ! »

— C'est vrai, acquiesça-t-elle, j'attends davantage de l'avenir.

— Alors, disons-nous adieu, Anna. Tu vas retrouver une famille qui t'aime. Il est temps que tu te pardonnes de leur avoir fait du mal. D'accepter d'être juste toi-même.

Anna leva les yeux au ciel.

— Si seulement je savais qui je suis, objecta-t-elle.

— Mais, moi, je le sais, affirma Sebastián. Tu es une fille formidable. Avec qui j'ai passé une semaine fantastique.

Se penchant pour attraper quelque chose sous la table, il ajouta :

— D'ailleurs, j'ai un cadeau pour toi. Tiens. Ouvre.

Ce fut avec un hoquet de surprise qu'Anna découvrit ce que contenait l'écrin qu'il lui tendait : un magnifique œuf de Fabergé, en or, monté en sautoir.

— J'ai demandé que la chaîne soit suffisamment longue, expliqua Sebastián, pour que tu puisses le porter en dissimulant le pendentif sous tes vêtements. Mais tu n'as pas tout vu. Ouvre-le.

Fronçant les sourcils, elle manipula le ravissant petit œuf et finit par se rendre compte qu'il comportait un fermoir, qu'elle actionna. À l'intérieur, elle trouva la minuscule maquette d'un yacht, représenté à la perfection.

Inspirant profondément, Anna ne put dissimuler son ravissement.

Sebastián passa la chaîne autour de son cou et l'attacha sur sa nuque, après en avoir écarté les cheveux. Le pendentif vint se nicher au creux des seins d'Anna.

C'était le cadeau le plus romantique qui puisse exister ! La délicate évocation de la semaine qu'ils avaient partagée. Quelque chose qu'elle pourrait toujours porter sur elle, en cachette.

— Merci, Sebastián, souffla-t-elle.

Elle ne put résister à l'envie de s'incliner pour déposer un tendre baiser sur sa bouche. Ce à quoi Anna ne s'attendait pas, c'était à ce que les douces lèvres s'entrouvrent, et qu'une langue chaude s'immisce entre les siennes.

Sans qu'elle ne comprenne bien comment, Sebastián la prit par la main et la guida jusque dans sa cabine. Et là, il l'embrassa comme s'ils n'étaient pas en train de se dire adieu. Comme s'il l'aimait…

Anna répondit à ses baisers avec passion.

Parce que, oui, elle l'aimait.

Faisant glisser les bretelles de sa robe sur ses épaules, il la dévêtit, puis s'écarta pour la contempler, observant les changements que cette semaine avait opérés sur son corps. Il sourit en s'attardant sur la blancheur des seins qu'elle n'avait jamais accepté d'exposer. D'une main caressante, il effleura les tétons dressés, puis le ventre bronzé, et Anna ferma les yeux pour mieux jouir de cette sensation divine.

— L'exposition au soleil t'a transformée, conclut-il.

En son for intérieur, Anna corrigea ce verdict. Ce n'était pas au soleil qu'elle devait les changements de son corps, mais bien plutôt à toutes les fois où ils avaient fait l'amour, ainsi qu'à ces moments passés l'un près de l'autre, à bavarder face à l'enchantement de la mer.

Tout ce qui lui avait tant manqué depuis toujours, Sebastián le lui avait offert à profusion. Et pourtant, Anna n'en était pas rassasiée. Était-elle à ce point insatiable ?

L'attirant contre lui, il embrassa ses seins, puis son ventre, tout en faisant descendre la culotte de dentelle le long de ses jambes. Sa respiration haletante annonçait tellement ce qui allait suivre qu'Anna ferma les yeux pour supporter une attente qui la rendait folle.

Sans cesser de lui prodiguer les plus délicieux baisers, Sebastián la fit s'allonger sur les coussins moelleux. Inspirant profondément, Anna se délecta des effluves de son eau de toilette. Et du plaisir que ses lèvres brûlantes lui donnaient en picorant son cou, tandis qu'il murmurait des paroles en espagnol dont elle ne doutait pas qu'elles exprimaient ce qu'elle-même ressentait.

Prenant son visage entre ses mains, il s'empara à nouveau de sa bouche, avec une avidité langoureuse qui anéantit les dernières résistances d'Anna – si tant est qu'elle en eût encore.

Puis, Sebastián vint se positionner au-dessus d'elle, lui écartant les jambes.

— Sebastián..., gémit-elle.

Qu'il soit encore à moitié vêtu lui était éperdument égal. Comme elle se moquait bien que, pour une fois, il ne semblât pas se soucier d'enfiler un préservatif.

Malgré tout, il prit le temps de s'interrompre pour cela. N'avaient-ils pas chèrement payé, l'un comme l'autre, leurs imprudences passées ?

Curieusement, Anna ne put s'empêcher d'éprouver une pointe de regret en constatant que la passion ne lui faisait pas oublier toute prudence. Cependant, elle n'eut pas le temps de s'autoriser des regrets inutiles. Déjà, Sebastián recommençait à l'embrasser follement, l'entraînant à nouveau dans cet univers nébuleux où plus rien n'avait d'importance, hormis le désir.

Lorsqu'il entra puissamment en elle, Anna eut l'impression que jamais il ne l'avait possédée avec une telle tendresse – comme s'il rassemblait en un seul tous les moments où il lui avait fait l'amour.

Elle mit dans ses baisers toute la passion que Sebastián lui inspirait. Comme si leur histoire devait durer toujours et qu'ils n'étaient pas en train de vivre leur dernière nuit ensemble. Sans cesser de vriller son regard au sien, il se mit lentement en mouvement en elle, et Anna détourna la tête.

C'était trop fort. Elle avait le sentiment de se donner à lui comme jamais encore auparavant. Mais, tandis que son corps était parcouru par des vagues successives d'un plaisir inouï, elle avait conscience que Sebastián se retenait.

— Viens..., souffla-t-elle. Je t'en prie...

Puis elle sombra à nouveau dans une semi-inconscience tandis qu'il accélérait la cadence de ses va-et-vient.

Ce fut dans un feulement guttural qu'il jouit, et ce rugissement se répercuta dans tout le corps d'Anna, lui intimant de perdre le contrôle.

Au moment où elle lâcha prise, chacune des cellules de son corps explosa en une myriade d'étincelles.

Juste avant qu'elle s'effondre...

Un peu plus tard, tandis qu'elle émergeait des brumes de l'orgasme, allongée contre Sebastián, Anna réalisa qu'il n'avait en rien renoncé à maintenir cette barrière infranchissable, entre eux. Il avait beau savoir qu'elle prenait la pilule, il n'en avait pas moins utilisé un préservatif.

Jamais il ne renoncerait à garder les rênes. Car il ne faisait confiance à personne. Et il ne le ferait jamais.

Même pas avec elle...

11

Ce fut la vibration du portable de Sebastián qui tira Anna du sommeil.

Le bruit cessa, et elle se demanda que faire. Devait-elle se lever et s'habiller en silence ? Partir sans dire au revoir ?

La vibration reprit, éveillant cette fois Sebastián qui lâcha un juron sonore.

— Sebastián ! s'exclama Anna d'un ton réprobateur.

Éclatant de rire, elle se dit qu'ils n'étaient vraiment pas faits sur le même moule. Puis son regard rencontra les magnifiques prunelles de jais.

— Je ferais mieux d'y aller, ajouta-t-elle.

— Pourquoi ? Rien ne te presse...

L'attirant à lui, Sebastián lui fit oublier toutes ses résolutions en effleurant sa poitrine d'une joue où naissait une ombre de barbe délicieusement rêche.

Mais le téléphone s'obstinait, et ce fut Anna qui faillit émettre un juron à son tour.

— Je ferais mieux de répondre, déclara Sebastián.

Roulant sur le côté, il attrapa son portable, tandis qu'Anna restait allongée, les yeux clos. Une plainte sourde, exprimant une douleur sans borne, lui fit lever les paupières.

— *Dios, no !*

Anna entendit une voix de femme crier des paroles incompréhensibles en espagnol, et Sebastián répondre :

— *Cálmate !*

Cela, au moins, elle le comprenait. Il essayait de calmer son interlocutrice, sans grand succès.

S'asseyant sur le lit, Anna porta les mains à sa bouche. Était-il arrivé quelque chose au bébé ? Elle chercha à se lever, mais Sebastián la retint par le bras et raccrocha.

Que dire ? s'interrogea Anna. Que demander qui ne soit pas complètement stupide ?

Aussi, se contenta-t-elle de l'observer, tandis que Sebastián s'asseyait au bord du lit, la tête entre les mains.

— C'était Maria, dit-il. Elle était hystérique. D'après ce que j'ai compris, elle et mon père étaient en train de faire l'amour quand...

— Oh ! Sebastián..., gémit Anna.

— Carmen était dans la maison. Elle a appelé une ambulance. Mais c'était trop tard. Il était déjà parti...

Sachant que, parfois, les mots ne servent à rien, Anna se borna à poser les mains sur les épaules de Sebastián. Elle sentit sa respiration saccadée.

— Nous savions tous que cela arriverait, mais pas si tôt...

Sebastián lâcha deux ou trois sanglots et pressa les doigts sur ses yeux. Anna avait l'impression de voir s'effondrer le chêne le plus puissant de la forêt. Sans trop savoir comment le réconforter, elle étreignit ses larges épaules. Peut-être était-ce ce que Sebastián attendait, car il l'attira sur ses genoux.

Le voir verser des larmes était aussi déchirant qu'imaginer le soleil disparaître à tout jamais. Anna lui prit les mains, et il soutint son regard. Comme s'ils étaient encore cramponnés l'un à l'autre dans l'eau profonde.

— Est-ce que tu veux bien rester un peu plus longtemps ? demanda-t-il. Je redoute tellement les obsèques...

Bouche bée, Anna demeura muette quelques secondes. Elle avait l'impression que son cœur se fendait en deux.

— Sebastián..., murmura-t-elle, je ne...

— Bien sûr ! l'interrompit-il. J'avais oublié Willow... Et nous ferions mieux de nous dépêcher. Tu prends l'avion ce soir, et je vais avoir mille problèmes à régler.

Toute trace de vulnérabilité envolée, Sebastián avait écarté Anna de ses genoux, et il se leva pour gagner la salle de bains.

Assise sur le lit, elle attendit qu'il revienne s'habiller.

— Je vais aller annoncer la nouvelle à Alejandro, dit-il.

Un instant, Sebastián ferma les yeux, et Anna comprit que c'était ainsi qu'il devait gérer toutes les affaires familiales depuis l'âge de dix ans. Peut-être plus tôt, même.

Souvent, il affichait une apparence de dureté, mais avait-il la possibilité d'agir autrement ? Tout le monde comptait sur lui. Tout reposait toujours sur ses épaules.

Il vint l'embrasser sur la joue.

— Je suis désolé, dit-il, mais il faut vraiment que j'y aille. Tu peux rester ici aussi longtemps que tu voudras.

— Ne t'inquiète pas, je me débrouillerai, répondit-elle.

Déjà, il passait la porte de la cabine. Les événements de la veille semblaient s'être déroulés dans un monde qui n'existait plus. C'était le dernier matin qu'Anna passait à Puerto Banús, et elle ne put rien avaler du petit déjeuner servi sur le pont. Le soir même, elle aurait regagné l'Angleterre, et une vie complètement différente...

Emily l'appela, pour lui annoncer ce qu'Anna savait déjà depuis plusieurs heures.

— Comment Alejandro prend-il la chose ? demanda-t-elle.

— Il est complètement sonné. Sebastián et lui viennent de prendre l'avion pour Jerez.

— Est-ce que tu aimerais que je te rejoigne à l'hôpital ?

— Oh oui, s'il te plaît...

Manifestement bouleversée Emily l'attendait dans sa suite.

— Sais-tu quand les obsèques auront lieu ? s'enquit Anna.

— Sebastián est en train de tout organiser. Ça devrait se faire dès demain. Ici, ce genre de choses n'attend pas.

— Tu vas y aller ?

— Je ne sais pas. C'est tellement difficile de m'éloigner de Josefa. Elle est encore si fragile.

Anna hocha la tête. Sebastián lui avait demandé de rester pour les funérailles... Il ne voulait pas d'une relation durable, mais il avait exprimé le besoin qu'elle soit présente dans ce moment difficile.

Il ne serait pas aisé de faire admettre à sa mère qu'elle retarde son retour, songea Anna. Surtout pour assister aux obsèques du beau-père de sa meilleure amie.

Et comment Willow prendrait-elle cela ? Anna avait toujours fait passer le bien-être de son enfant avant quoi que ce soit. Pourtant, désormais, il y avait aussi une autre personne dans son cœur. Pas un rival pour Willow, non... D'autant moins qu'Anna savait n'avoir aucun avenir possible avec cet homme. Cependant, si elle pouvait lui apporter ne serait-ce qu'une infime parcelle de réconfort, elle était prête à affronter les foudres maternelles.

Bizarrement, elle eut moins d'appréhension à appeler Jean qu'elle ne l'aurait cru.

— Nous partions à l'église, dit celle-ci en décrochant. Willow meurt d'impatience à l'idée de te retrouver, et...

— Maman, l'interrompit Anna, pourrais-tu t'éloigner d'elle un moment ? J'ai besoin de te parler, à toi seule.

— Willow ? entendit-elle sa mère appeler. Il faut que j'aille chercher le sermon de ton grand-père dans notre chambre. Il l'a oublié. Je n'en ai pas pour longtemps. Attends-moi là.

Tout à coup, Anna prit conscience que Sebastián avait agi de la même manière en prétextant qu'il lui fallait s'entretenir avec son père d'un problème de travail. Tout le monde lui avait reproché de ne pas savoir faire passer la famille avant tout autre chose, alors qu'il avait seulement cherché à attirer José à l'écart, pour l'informer de ce qui tracassait Carmen. Et lorsqu'il avait fait mine de s'opposer aux projets de sa sœur, c'était pour permettre à leur père de défendre sa fille.

Encore une fois, Sebastián avait pris soin de ses proches, avec un dévouement qu'Anna n'avait pas mesuré sur-le-champ. Il méritait vraiment qu'elle fasse l'effort d'être auprès de lui pour l'aider dans ces moments difficiles.

Ce fut presque sans trembler qu'elle expliqua la situation à Jean.

— Je comprends que tu veuilles soutenir Emily, déclara cette dernière. Elle a déjà traversé une dure période. Mais Willow est tellement excitée à l'idée de ton retour !

— Ce n'est pas pour Emily que je souhaite rester, Maman...

Anna s'interrompit, ne sachant trop comment formuler la raison qui la poussait à vouloir retarder son retour.

— J'ai rencontré quelqu'un, finit-elle par lâcher. C'est le frère aîné d'Alejandro.

— Quoi ? Tu es prête à briser le cœur de ta fille pour un homme que tu connais seulement depuis une semaine ?

— Nous avons fait connaissance au mariage d'Emily.

— Alors, c'est pour cela que tu as sauté sur la première occasion de retourner en Espagne ? Moi qui croyais que ta fille passait avant qui que ce soit d'autre pour toi !

— Sebastián a besoin de mon soutien, maman. Il vient de perdre son père. Mais tu as tout à fait raison, Willow aussi a besoin de moi. Donc, je vais rentrer ce soir comme prévu, et je reprendrai l'avion avec elle pour Marbella, dès demain. Willow est assez grande pour comprendre que sa mère veut être auprès d'un ami qui a perdu...

— C'est ridicule ! l'interrompit Jean. Tu n'as pas les moyens de ce genre de plaisanteries, ma pauvre fille !

Certes, songea Anna, c'était largement au-dessus de ses moyens. Mais n'avait-elle pas un peu d'argent de côté pour les situations d'urgence ? Or, c'en était clairement une. Elle avait une seule certitude : il lui fallait suivre ce que lui dictait son cœur. Même si tout cela était un peu... chaotique.

Depuis l'Espagne, Anna organisa le vol de retour vers Marbella avec Willow. Si sa fille se précipita dans ses bras dès qu'elle la vit franchir la porte du presbytère, l'accueil que ses parents lui réservèrent fut autrement réfrigérant.

Quand elles furent de retour chez elles, Anna raconta à Willow la naissance de Josefa – sans rentrer dans les détails. Les photos du bébé la mirent au comble de l'excitation. Une excitation qui fut décuplée quand Anna lui annonça qu'elles allaient repartir toutes les deux pour l'Andalousie.

— Je te confierai à Emily, expliqua-t-elle, le temps d'aller à l'enterrement d'un vieux monsieur. D'ailleurs, elle trouvera une baby-sitter pour l'aider car je ne rentrerai certainement que le lendemain. Mais, ensuite, nous aurons quelques jours pour nous deux, et nous irons à la plage.

Les cris de joie que poussa alors Willow suffirent à apaiser toutes les inquiétudes d'Anna.

Ce fut effectivement sur la plage qu'Anna et Willow retrouvèrent Emily, le lendemain, en compagnie d'une jeune femme répondant au prénom de Dali – une baby-sitter chaudement recommandée par l'hôpital.

Pendant que cette dernière entraînait Willow pour jouer sur le sable, Anna ne put échapper au feu roulant de questions de sa meilleure amie.

— Je me doutais bien qu'il s'était passé quelque chose entre Sebastián et toi, le week-end du mariage, finit par déclarer Emily. Pourquoi ne m'as-tu rien dit ?

— Parce que je n'avais pas envie que tu me mettes, encore une fois, en garde contre lui.

— Sebastián a fait tout ce qui était en son pouvoir pour me séparer d'Alejandro. Il a cherché à se débarrasser de moi sans le moindre état d'âme. Je ne veux pas qu'il t'arrive la même chose, Anna.

— Je sais que notre histoire n'a aucun avenir. Mais il m'a rendue incroyablement heureuse. Le moins que je puisse faire, c'est de lui apporter un peu de soutien dans l'épreuve qu'il traverse.

— Et comment prendras-tu les choses quand tu me rendras visite, plus tard, pour le trouver au bras d'une nouvelle conquête ?

— Je m'y attendrai, et je serai préparée. Je te promets que ça ne changera rien entre nous deux.

Anna sourit à Emily qui leva les yeux au ciel, avant de conclure :

— Allez, va prendre ton train pour Jerez !

— Comment va Josefa ? demanda Sebastián à Alejandro.

— Aussi bien que possible, mais Emily n'a pas eu le courage de s'en éloigner.

— Je comprends.

De la même manière, Sebastián ne parvenait pas à en vouloir à Anna d'être rentrée en Angleterre. N'était-elle pas mère avant quoi que ce soit d'autre ?

À l'inverse de la sienne, qui gémissait en agitant un flacon d'*aromáticas* sous son nez, mais avait néanmoins pris la peine de se parer de tous les atours d'une veuve en grand deuil, et de se maquiller comme il convenait.

Le rôle de sa vie ! pesta Sebastián en son for intérieur.

Cependant, lorsqu'il vit que c'était d'une main tremblante qu'elle ouvrait son éventail, il se reprocha sa sévérité. Après tout, qui était-il pour se poser en juge ? Et puis, José n'avait-il pas eu la plus belle mort qu'il aurait pu souhaiter ?

Le cortège funéraire allant de la maison à l'église de Jerez avançait lentement, et Sebastián observa sa sœur qui sanglotait, appuyée contre Alejandro.

Ils avaient toujours été proches l'un de l'autre, songea-t-il. Pour sa part, il ne l'avait jamais été de qui que ce soit.

Si seulement Anna était là aujourd'hui ! se désola-t-il.

Le corbillard venait de s'arrêter devant l'église, quand il aperçut une chevelure dorée dans la foule massée au pied du perron. Une chevelure dont l'éclat illuminait subitement ce jour sombre.

— Anna ? fit-il en fronçant les sourcils.

Abandonnant le cortège, Sebastián vint se planter devant elle.

— Je te croyais rentrée en Angleterre, dit-il.

— C'est ce que j'ai fait. Mais tu m'avais demandé d'être là, alors je suis revenue…

— Pourquoi ?

— Parce que je voulais être auprès de toi.

Toujours sous le choc, Sebastián se contenta de hocher la tête. Il entendit qu'on l'appelait et se prépara à rejoindre la procession qui attendait pour suivre le cercueil.

Ainsi, Anna était revenue dans le seul et unique but de lui apporter un peu de réconfort. Elle n'attendait rien de lui. Au milieu de la foule, elle était juste là pour lui.

— Viens à côté de moi, dit-il.

Il vit Anna déglutir, puis elle le suivit.

Même s'ils ne devaient jamais partager rien d'autre, Anna savait qu'elle avait fait ce qu'il fallait. Et elle n'avait aucun état d'âme.

Sebastián n'était pas du genre démonstratif. À plus forte raison, en public. Il ne chercha pas à lui prendre la main. Elle aurait aussi bien pu être une lointaine cousine, marchant à ses côtés. Mais tout ce qui comptait, pour elle, c'était d'être *là*.

Elle se tint près de lui tout au long de la messe, puis l'accompagna jusqu'à la *bodega*, s'étonnant de retrouver cet endroit dans d'aussi tristes circonstances.

— Il faut que j'aille recevoir les condoléances, lui souffla-t-il.

Sur l'estrade, on avait installé un immense portrait de José. Les tables avaient été écartées le long des murs, et des chandeliers éclairaient chaque alcôve. Partout étaient disposées des fleurs magnifiques. Pourtant, malgré l'envoûtement créé par ce somptueux décor, il régnait une tension quasi insoutenable – comme si les tonneaux de xérès étaient remplis de poudre, et risquaient d'exploser d'une seconde à l'autre.

Sebastián acceptait les témoignages de sympathie avec toute la courtoisie attendue de sa part, cependant Anna n'était pas dupe.

À la façon dont un muscle palpitait sur sa joue, elle le savait au bord de craquer. Il finit par la rejoindre.

— Cela n'en finira jamais, lâcha-t-il avec un sourire crispé.

Se tournant vers Anna, il planta son regard dans le sien.

— Il faut que nous parlions, enchaîna-t-il. Mais pas ici. Suis-moi dans mon bureau.

— Bien sûr.

Anna s'était efforcée de répondre avec une décontraction qu'elle était loin de ressentir. En tremblant nerveusement, elle gravit à sa suite les escaliers menant à une immense pièce qui dominait les toits de Jerez.

— Tu n'aurais pas dû venir, dit-il sur un ton tellement cassant qu'elle ne put s'empêcher de ciller.

Lui en voulait-il parce que sa présence laissait supposer qu'il y avait quelque chose entre eux ? se demanda-t-elle. Pourtant, il n'avait jamais semblé tracassé par la discrétion.

— Mais je suis heureux que tu sois là, ajouta-t-il.

Anna soutint le regard de ses prunelles sombres qui lançaient des éclairs, s'étonnant d'y lire un mélange de colère et de souffrance. Ce fut dans un élan spontané qu'elle s'élança vers Sebastián. Jamais elle n'avait traversé une pièce aussi vite. À croire qu'elle redoutait de le voir s'effondrer et se préparait à le retenir. Mais lui aussi s'était jeté à sa rencontre.

Il captura ses lèvres avec une passion presque sauvage, et elle lui rendit son baiser avec la même fougue. Ils s'embrassèrent follement, dans un désir effréné de tout oublier, de ne pas penser. Ses grandes mains soulevèrent Anna du sol, la hissant jusqu'à ses hanches solides où elle noua les jambes.

— Anna..., murmura-t-il.

Elle sentit qu'il déchirait la dentelle de sa culotte, et entendit qu'il défaisait la ceinture de son pantalon avec impatience. Avec une hâte rejoignant celle qu'Anna éprouvait.

Et elle n'attendait rien d'autre que le déchaînement de la passion qui l'habitait. Même si, pour lui, ce n'était que la libération d'une pulsion sexuelle.

Entre eux, il n'y aurait jamais que cela, mais elle s'en moquait éperdument. En cet instant, elle capitulait.

Anna ondula frénétiquement du bassin, pour mieux se souder à Sebastián, tandis qu'il s'enfonçait en elle en une seule poussée. Puis ses mains impérieuses l'agrippèrent aux hanches pour lui imprimer un rythme plus rapide. Très vite, Anna sentit monter entre ses reins un orgasme fulgurant, qui la jeta contre lui, secouée de décharges électriques.

Il la rejoignit dans un gémissement profond, lâché comme à contrecœur.

À bout de souffle, Anna plaqua son front contre celui de Sebastián. Ni l'un ni l'autre ne semblait prêt à reprendre pied dans la réalité.

— Si seulement nous pouvions rester là ! soupira-t-il.

— J'aimerais bien, renchérit-elle avec un petit rire.

Sebastián finit par la reposer à terre.

— Quand repars-tu ? s'enquit-il. Ce soir ?

Remettant sa jupe en place, Anna n'osait pas le regarder en face. Ce n'était pas le moment qu'il lise dans son regard tout l'amour qu'elle éprouvait pour lui.

— Dans quelques jours, se décida-t-elle à répondre. Je peux rester à Jerez ce soir, si tu veux. Il suffit que je sois de retour à Marbella demain.

— Comment cela ? Tu n'as pas juste fait l'aller-retour en avion pour la journée depuis l'Angleterre ?

— Non.

— Alors, qu'est-ce que tu as fait de Willow ?

— Elle est à Marbella, avec Emily et une baby-sitter.

Sebastián contemplait Anna avec des yeux écarquillés, et ses prunelles étaient d'un noir d'encre.

— Mais, Anna, dit-il d'un ton de reproche, ce n'est pas possible. Tu ne peux pas la laisser seule, comme ça, dans un environnement qui lui est étranger…

— Sebastián ! Elle est parfaitement heureuse là où elle est. Je ne serais pas venue sinon.

Secouant la tête avec véhémence, il semblait totalement horrifié.

— Anna, il faut que tu retournes auprès d'elle immédiatement ! lâcha-t-il, inflexible.

12

Ayant ressorti son bikini rouge, Anna était allongée sur une chaise longue et regardait sa fille qui jouait au bord de l'eau avec Dali.

La jeune baby-sitter avait insisté pour passer la journée avec elles, arguant qu'elle avait été payée pour vingt-quatre heures et comptait bien aller au bout de son contrat.

Après tout, songea Anna, ce n'était pas plus mal, tant elle-même se sentait au fond du gouffre.

Elle ne parvenait pas à surmonter le fait que Sebastián l'ait pratiquement jetée dehors, après lui avoir fait l'amour dans un déchaînement de passion inouï ; ses réserves financières étaient pratiquement à sec ; elle avait plus ou moins sabordé ses relations avec ses parents ; et, pour couronner le tout, elle imaginait très bien la façon dont Emily lèverait les yeux au ciel en la voyant sangloter de désespoir lorsque l'homme qu'elle aimait se pavanerait sous son nez au bras d'une superbe top model – ce qui ne manquerait pas d'arriver lors de son prochain séjour en Andalousie.

Pourtant, Anna n'aurait pas changé un iota à ce qui s'était passé. Malgré sa consternante situation, elle ne regrettait aucune des décisions qu'elle avait prises. Encore moins celle de la veille...

— Enfin, te voilà !

La voix grave la fit sursauter, et Anna tourna la tête en espérant ne pas être devenue aussi rouge que son maillot.

Pas rasé, Sebastián portait encore le costume qu'elle lui avait vu à l'enterrement. Il ne semblait nullement gêné de se trouver sur une plage dans cette tenue. Si elle s'était écoutée, Anna aurait bondi sur ses pieds pour se jeter dans ses bras et l'embrasser. Mais Willow était à quelques pas...

Pour faire diversion, elle montra de la main sa fille courant dans les vaguelettes.

— Elle adore la plage, dit-elle. Et Dali a insisté pour rester puisque je l'avais payée pour deux jours.

Se sentant devenir écarlate, Anna déglutit avec peine, avant d'expliquer :

— Et puis, j'avais prévu le cas où je serais restée avec toi, hier soir...

Elle détourna la tête, submergée par le souvenir de la souffrance que lui avait infligée Sebastián en la repoussant. En tous les cas, cela lui avait servi de leçon !

Il était clair que c'était un amour fou pour cet homme qui lui avait fait reprendre l'avion, puis l'avait poussée à lui emboîter le pas jusque dans son bureau. Il était clair également qu'il ne voudrait jamais de son amour...

Sebastián se laissa tomber sur la chaise longue à côté d'elle.

— Hier, lâcha-t-il, j'ai réalisé que je suis pareil que ma mère. Froid, et...

— C'est faux ! l'interrompit Anna.

— Si, parfois.

— Parce que tu n'as pas le choix d'agir autrement.

Peut-être devrait-elle prendre exemple sur lui, et apprendre à s'endurcir ? songea Anna.

— Sebastián, commença-t-elle avant de prendre une gorgée d'eau tiède dans sa gourde, à l'avenir, je compte revenir ici avec Willow.

— Je sais.

— Et je ne veux pas risquer de la perturber.

— Comment cela ?

— Parce qu'en ce moment je meurs d'envie de t'embrasser.

— J'aimerais beaucoup ça. Mais tu ne peux pas.

— Non.

— C'est bien que tu ne te le permettes pas. Que tu fasses passer le bien-être de Willow avant tout autre chose. Comment as-tu expliqué que tu voulais revenir ici avec elle ? Tu as dit que c'était à cause du bébé ?

— Non. Juste qu'un ami avait perdu son père.

C'était un tel effort de dissimuler à quel point elle aimait Sebastián, de garder ses sentiments prisonniers de son cœur, qu'Anna en avait presque les larmes aux yeux.

— Elle a l'air de bien s'amuser, fit-il.

— Oui. Comment s'est passé le reste de ta soirée, hier ?

— Ça n'a pas été facile. Il a fallu que j'informe Carmen que notre père a laissé la maison familiale à Maria. J'ai dû lui promettre que nous contesterions le testament.

Les yeux toujours braqués vers la mer, Anna ne put s'empêcher d'en vouloir à Sebastián d'avoir préféré affronter tout cela sans son aide.

— Anna, reprit-il, c'était un enfer...

— J'imagine.

— Non, je veux dire que c'était un enfer d'avoir une mère telle que la mienne. Je n'en pouvais tellement plus de ses constantes disparitions, que je me suis juré dès l'âge de huit ans de ne jamais me marier.

— Je comprends.

— Alors, si nous en venons à cela, il faudra faire les choses correctement.

Anna fronça les sourcils. Mais avant qu'elle n'ait eu le temps de demander des explications, Sebastián reprit :

— Je m'engage à faire les choses correctement. Car nous ne sommes pas les personnes les plus importantes dans l'histoire.

Du menton, il désigna Willow.

— Crois-tu qu'elle sera heureuse, ici ? ajouta-t-il.

— Ici ?

— Oui, ou plutôt à Jerez. Il faut que nous décidions où nous allons vivre avant de lui parler, tu ne crois pas ?

Sous le choc, Anna ne put que répéter :

— Lui parler ?

— Je t'aime, Anna. Et notre relation n'est plus un secret pour personne.

— Alors, pourquoi m'as-tu mise dehors, hier soir ? s'emporta Anna. Qu'est-ce qui me dit que ce n'est pas le deuil qui te fait parler ainsi ? Ce n'est pas la peine que tu prétendes m'aimer si c'est pour changer d'avis demain matin !

— Je t'aime, Anna. Un point c'est tout !

Anna dévisagea Sebastián. Quiconque aurait entendu la rudesse de cette déclaration s'en serait étonné. Mais elle le connaissait suffisamment, désormais, pour que ce ton abrupt apaise toutes ses inquiétudes. Sebastián avait pris sa décision.

— Je ne crois pas me tromper en disant que tu ressens la même chose, enchaîna-t-il. Sinon, tu ne serais pas là. Et tu n'aurais pas amené Willow avec toi. J'ai eu suffisamment le temps de réfléchir, cette nuit. La paternité n'est peut-être pas ce pour quoi je suis le plus doué. Je n'ai pas l'expérience des enfants...

— Tu te trompes. Tu remplaces tes parents auprès de ton frère et de ta sœur depuis très longtemps.

— Anna, acceptes-tu de m'épouser ?

C'était tellement inattendu qu'Anna ouvrit des yeux ronds. Mais Sebastián n'en avait pas terminé.

— Si tu acceptes, ajouta-t-il, j'aimerais que Willow devienne officiellement la cousine de Josefa en l'adoptant.

Abasourdie, Anna lâcha dans un souffle :

— Mais tu répètes sans arrêt que tu ne veux pas d'enfant. En plus, tu ne la connais même pas...

— Je ne connais pas les enfants que nous aurons ensemble, et pourtant je suis certain que je les aimerai. Willow doit sentir qu'elle est aussi importante à mes yeux qu'ils le seront.

Anna demeurait incapable de dire quoi que ce soit. Sebastián la regardait avec un petit sourire en coin qui trahissait sa nervosité. Elle le vit inspirer profondément, avant de reprendre :

— Alejandro a formé une famille, Carmen va voler de ses

propres ailes… Il faut bien que je trouve de quoi m'occuper. Mais n'aie pas peur. Nous ne précipiterons rien. Nous attendrons que Willow soit prête.

— *Hola !*

Se tournant, au son de la petite voix flûtée, Anna vit sa fille s'approcher, accompagnée de Dali. Manifestement Willow avait déjà appris quelques mots d'espagnol.

— *Hola !* répondit Sebastián. J'imagine que tu es Willow.

— Oui. Et toi, tu es le petit ami de maman ? Celui qui a perdu son papa ?

Sebastián hocha la tête.

— Exactement, fit-il. Je m'appelle Sebastián. Ravi de te rencontrer.

Avant qu'Anna n'ait eu le temps d'intervenir, Willow conclut :

— D'accord. Tu viens, Dali ? On retourne se baigner ?

Éclatant de rire, Dali prit la main que lui tendait Willow, et elles partirent en courant vers la mer, laissant Anna et Sebastián un peu sonnés.

— C'est bien la première fois de ma vie qu'on m'affuble de la dénomination de « petit ami », déclara Sebastián, amusé.

— Je crois que nous n'aurons pas besoin d'éviter de précipiter les choses, ajouta Anna.

Se tournant vers Sebastián, elle lui prit la main.

— Je t'aime tellement, mon amour, dit-elle. Et c'est ici, en Espagne, que je veux construire une famille avec toi. *Notre* famille. Willow pourra continuer à voir ses grands-parents pendant les vacances.

— Tu es sûre de toi ?

— Je ne vais pas le lui annoncer aujourd'hui, bien sûr. Mais je suis certaine que c'est la décision qui convient.

— Tu te souviens de ce vieux proverbe chinois que je t'avais cité ?

Prenant une mine intriguée – elle ne voulait pas reconnaître l'avoir appris par cœur –, Anna demanda :

— Lequel ?

Sebastián ne se fit pas prier pour lui livrer la totalité de la citation :

— « Quand la chaussure va, on ne pense pas au pied ; quand la ceinture va, on oublie le ventre. Quand le cœur est en paix, on se moque du “pour” et du “contre”. Aucun besoin, aucune compulsion, aucune exigence, aucune attirance : alors tout est sous contrôle. On est libre. »

Puis, plongeant son regard de braise dans les yeux d’Anna, il ajouta :

— Je ne suis pas complètement d’accord avec Zhuangzi. Il me semble difficile de n’éprouver ni besoin ni attirance. Tout ce que je sais, c’est qu’avec toi dans ma vie mon cœur est en paix.

Anna hocha la tête.

Son cœur aussi était en paix.

Épilogue

Un mariage à Puerto Banús était un événement qui soulevait l'enthousiasme des foules ! Vivats et applaudissements accompagnèrent la sortie de voiture de la mariée rougissante et la suivirent jusqu'à la passerelle du yacht.

Anna portait une robe en soie sauvage argentée, à col montant et dos nu. Pour la circonstance, Willow avait tenu à revêtir la robe d'un vert criard qu'Emily lui avait rapportée de son premier séjour en Espagne. Sans oublier d'y ajouter une mantille. La tenant chacune par une main, Emily et Anna montèrent jusqu'au pont.

— Bienvenue à bord, déclara Dante avec un grand sourire. Tout est prêt.

— Merci, Dante, répondit Emily, au comble de la joie.

— Vous êtes magnifiques, toutes les deux, ajouta-t-il, englobant d'un geste Anna et la petite fille de cinq ans qui vivait clairement la plus belle journée de sa vie.

Bientôt, elle partirait avec ses grands-parents pour jouir d'un séjour chez eux, tandis qu'Anna et Sebastián s'accorderaient une lune de miel.

À la grande surprise d'Anna, ses parents n'avaient pas demandé mieux que de venir célébrer le mariage de leur fille en Espagne, à la condition que le pasteur Douglas soit autorisé à prononcer une bénédiction. C'était même Jean qui avait suggéré que leur petite-fille adorée passe quelques jours en leur compagnie pendant le voyage de noces de ses parents.

Pour l'instant, Anna, Emily et une Willow mourant d'impatience, attendaient dans le salon du yacht qu'on leur fasse signe de monter sur le pont supérieur. Enfin le moment arriva, et Emily serra Anna sur son cœur.

— Bonne chance, ma chérie ! lui souffla-t-elle à l'oreille. Je suis si heureuse pour toi. Et je suis désolée de m'être montrée injuste envers Sebastián.

— Il dit la même chose à ton sujet, répliqua Anna.

Ensemble, elles éclatèrent de rire. Amies pour la vie.

Lorsque Anna émergea sur le pont, elle marqua une pause. Tous ceux qu'elle aimait, étaient là : ses parents, accueillant Willow avec un sourire attendri ; Carmen, pâle et néanmoins radieuse, prête à s'envoler pour les États-Unis ; Alejandro, tenant une Josefa encore minuscule ...

Maria avait insisté pour être présente, et Sebastián n'avait pas eu le cœur de refuser, bien même s'il la tenait à l'œil. Cependant, rien n'aurait pu déstabiliser Anna un jour pareil. Elle était habitée d'un calme aussi imperturbable que la Méditerranée scintillant sous le soleil.

Une paix encore plus grande l'envahit lorsqu'elle posa les yeux sur Sebastián. Son capitaine. Celui de son cœur, et de la famille qu'ils formaient déjà.

Dans son impeccable costume gris foncé et sa cravate gris argent, il était superbe !

— Anna, fit-il en lui prenant les mains, je t'aime, et je serai toujours là pour toi. Et pour Willow. À jamais !

— Sebastián, dit-elle d'une voix aussi ferme, je t'aimerai pour le restant de mes jours.

Ensuite, son père se lança dans un interminable discours, oubliant qu'il n'était pas l'officiant. Lorsque celui-ci intervint, lisant une étrange citation chinoise qui parlait de chaussure et de ceinture, tout le monde se regarda d'un air déconcerté.

Seuls les jeunes mariés semblèrent savoir de quoi il en retournait. Ce texte parlait de leur amour.

Vous avez aimé ce roman ?
Retrouvez en numérique l'empire Romero dans :
1. *Nuits avec un play-boy*
2. *L'étreinte de minuit*
Et découvrez bientôt la suite de votre série
dans votre collection Azur !

RESTEZ CONNECTÉ AVEC HARLEQUIN

Harlequin vous offre un large choix de littérature sentimentale !

Sélectionnez votre style parmi toutes les idées de lecture proposées !

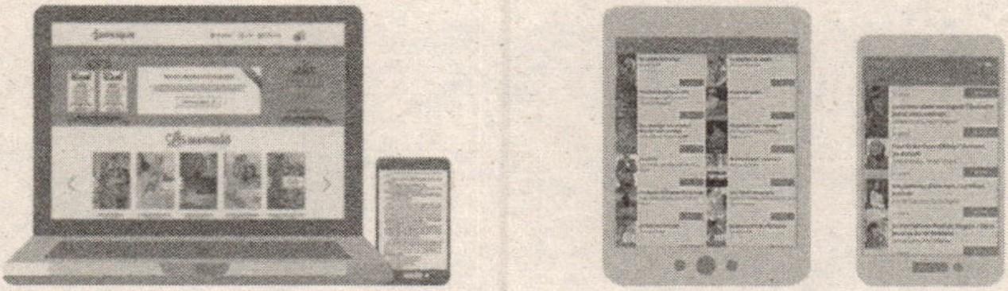

www.harlequin.fr

- **Découvrez** toutes nos actualités, exclusivités, promotions, parutions à venir...
- **Partagez** vos avis sur vos dernières lectures...
- **Lisez** gratuitement en ligne
- **Retrouvez** vos abonnements, vos romans dédicacés, vos livres et vos ebooks en précommande...

L'application Harlequin

- Des **ebooks gratuits** inclus dans l'application
- **+ de 50 nouveautés tous les mois !**
- Des **petits prix** toute l'année
- Une **facilité de lecture** en un clic hors connexion
- Et plein d'autres avantages...

Téléchargez notre application gratuitement

Télécharger dans l'App Store

DISPONIBLE SUR Google Play

SUIVEZ-NOUS !

facebook.com/HarlequinFrance
twitter.com/harlequinfrance